Miguel de Cervantes Saavedra

El laberinto
de amor

Barcelona **2024**
Linkgua-ediciones.com

Créditos

Título original: El laberinto de amor.

© 2024, Red ediciones S.L.

e-mail: info@linkgua.com

Diseño de cubierta: Michel Mallard.

ISBN tapa dura: 978-84-9897-380-8.
ISBN rústica: 978-84-9816-368-1.
ISBN ebook: 978-84-9897-236-8.

Sumario

Brevísima presentación

La vida

Miguel de Cervantes Saavedra (Alcalá de Henares, 1547-Madrid, 1616). España.

Hijo de Rodrigo Cervantes, cirujano, y Leonor de Cortina. Se sabe muy poco de su infancia y adolescencia. Era el cuarto hijo entre siete. Las primeras noticias que se tienen de Cervantes son de su etapa de estudiante, en Madrid.

A los veintidós años se fue a Italia, para acompañar al cardenal Acquaviva. En 1571 participó en la batalla de Lepanto, donde sufrió heridas en el pecho y la mano izquierda. Aunque su brazo quedó inutilizado, combatió después en Corfú, Ambarino y Túnez. En 1584 se casó con Catalina de Palacios, no fue un matrimonio afortunado. Tres años más tarde, en 1587, se trasladó a Sevilla y fue comisario de abastos. En esa ciudad sufrió cárcel varias veces por sus problemas económicos. Hacia 1603 o 1604 se fue a Valladolid, y allí también fue a prisión, esta vez acusado de un asesinato. Desde 1606, tras la publicación del Quijote, fue reconocido como un escritor famoso y vivió en Madrid.

Amantes trasvestidas

Se considera que *El laberinto de amor* es una refundición de una pieza anterior: *La confusa*.

Dagoberto impide el matrimonio de Rosamira con Manfredo, deshonrándola de palabra.

Mientras, en una complicada trama de enredos, Julia consigue la mano de Dagoberto y Porcia la de Anastasio, ambas disfrazadas de hombres.

Personajes

Anastasio, duque
Andronio, estudiante
Cornelio, criado de Anastasio
Dagoberto, duque de Utrino
Dos ciudadanos
Dos jueces
El duque Federico de Novara
Julia
Manfredo, el duque de Rosena
Porcia
Rosamira
Tácito, estudiante
Trino, un correo
Un carcelero
Un embajador del de Dorlán
Un embajador del de Rosena
Un guardia
Un huésped
Un paje
Uno

Jornada primera

Anastasio

Señores, ¿es verdad lo que se suena;
que apenas treinta millas de Novara
está Manfredo, duque de Rosena?

Ciudadano 1

Si esa verdad queréis saber más clara,
aquí un embajador del duque viene,
que bien la nueva y su llegada aclara.
En Roso y sus jardines se entretiene,
hasta que nuestro duque le dé aviso
para venir al tiempo que conviene.

Anastasio

¿Y es Manfredo galán?

Ciudadano 2

Es un Narciso,
según que sus retratos dan la muestra,
y aun le va bien de discreción y aviso.

Anastasio

¿Y Rosamira, la duquesa vuestra,
pone de voluntad el yugo al cuello?

Ciudadano 1

Nunca al querer del padre fue siniestra;
cuanto más, que se vee que gana en ello,
siendo el duque quien es.

Anastasio

Así parece;
aunque, con todo, algunos dudan dello:

Ciudadano 2

Del duque es esta guarda que se ofrece,
y aquí el embajador vendrá, sin duda.

Ciudadano 1

Mucho le honra el duque.

Ciudadano 2	Él lo merece.
Duque	Diréis también que a recrearse acuda.
	Y que en Módena o Reza se entretenga
	mientras del tiempo este rigor se muda,
	para que en este espacio se prevenga
	a su venida tal recebimiento,
	que más de amor que de grandeza tenga;
	añadiréis el singular contento
	que con sus donas recibió su esposa,
	y más de su llegada a salvamento.
Embajador	Tu condición, señor, tan generosa,
	me obliga a que me haga lenguas todo
	para decir el bien que en ti reposa;
	pero, aunque no las tenga, me acomodo
	a decir por extenso al señor mío
	de tus grandezas el no visto modo.
Duque	Dellas no, mas de vos muy más confío.
Dagoberto	Si no supiera, ¡oh sabio Federico!,
	gran duque de Novara generoso,
	que sabes bien quién soy, y que me aplico
	contino al proceder más virtuoso,
	juro por lo que puedo y certifico
	que a este trance viniera temeroso;
	mas tráeme mi bondad aquí sin miedo,
	para decir lo que encubrir no puedo.
	Tu honra puesta en deshonrado trance
	está por quien guardarla más debiera,
	haciendo della peligroso alcance
	la fama, en esta parte verdadera.
	Forzosa es la ocasión, forzoso el lance;

las riendas he soltado en la carrera:
imposible es parar hasta que diga
lo que una justa obligación me obliga.
　Tu hija Rosamira en lazo estrecho
yace con quien pudiera declarallo,
si a la grande importancia deste hecho
tocara con la lengua publicallo.
Impide una ocasión lo que el derecho
pide, y así, es forzoso el ocultallo;
basta que esto es verdad, y que me obligo
a probar con las armas lo que digo.
　Digo que en deshonrado ayuntamiento
se estrecha con un bajo caballero,
sin tener a tus canas miramiento,
ni a la ofensa de Dios, que es lo primero.
Y a probar la verdad de lo que cuento
diez días en el campo armado espero;
que ésta es la vía que el derecho halla;
do no hay testigos, suple la batalla.

Duque　　　Confuso estoy; no sé qué responderte;
considero quién eres, e imagino
que solo la verdad pudo traerte
a cerrar de mis glorias el camino.
¿Quién dará medio a estremos de tal suerte?
Es el que acusa un príncipe de Utrino;
la acusada, mi hija; él, sabio y justo;
ella, cortada de la honra al justo.
　A que te crea tu valor me incita,
puesto que la bondad de Rosamira
tiene perpleja el alma, y solicita
que no confunda a la razón la ira.
Mas, si es que en parte la sospecha quita,
o muestra la verdad o la mentira,

11

la confesión del reo, oílla quiero,
por ver si he de ser padre o juez severo.
  Traigan a Rosamira a mi presencia,
que es bien que la verdad no se confunda:
que el reo a quien le libra su inocencia,
la avisa en gloria y en su honor redunda.

Embajador   Dame, señor, para partir licencia;
que, aunque entiendas que el príncipe se funda
en claro o en confuso testimonio,
borrado ha de Manfredo el matrimonio.
  Calunia tal, o falsa o verdadera,
deshará más fundadas intenciones:
que no es prenda la honra tan ligera
que se deba traer en opiniones.
Mira si mandas otra cosa.

Duque   Espera;
quizá verás que sin razón te pones
a llevar a Manfredo aquesta nueva,
hasta que veas más fundada prueba.
  Tráiganme aquí a mi hija.

Guardia   Ya son idos
por ella.

Dagoberto   ¿Poca prueba te parece
la verdad que en mis hechos comedidos
y en mis palabras la razón ofrece?

Duque   Yo he visto engaños por verdad creídos.

Dagoberto   El que dellos se precia bien merece
que su verdad se tenga por mentira.

Guardia	Ya viene mi señora Rosamira.
Rosamira	¿Qué prisa es ésta, buen señor?
Duque	¿Qué priesa? Dirála ahora el príncipe de Utrino.
Dagoberto	Diréla, y sabe Dios cuánto me pesa el venirla a decir por tal camino. Yo he dicho, ¡oh, hermosísima duquesa!, lo que callarlo fuera desatino: he dicho que, con torpe ayuntamiento, un caballero está de ti contento; copia de ti le haces en secreto. Y esta prueba remítola a mi espada, que ha de ser el testigo más perfecto que se halle en la causa averiguada; y esto será cuando deste aprieto se admita tu disculpa mal fundada; mas sabes que es tan cierta ésta tu culpa, que no te has de atrever a dar disculpa.
Duque	¿Qué dices, hija? ¿Cómo no respondes? ¿Empáchate el temor, o la vergüenza? Sin duda quieres, pues el rostro ascondes, que tu contrario sin testigos venza. ¡Mal a quien eres hija correspondes!
Dagoberto	Con la verdad bien es que se convenza.
Duque	Culpada estáis, indicio es manifiesto tu lengua muda, tu inclinado gesto. ¿Quién fue el traidor que te engañó, cuitada?

13

¿O cuál fue el que la honra me ha llevado?
¿O qué estrella, en mi daño conjurada,
nos ha puesto a los dos en tal estado?
¿Dó está tu condición tan recatada?
¿Adónde tu juicio reposado?
¡Mal le tuviste con el vicio a raya!

Paje   ¡Señores, mi señora se desmaya!

Duque   Llévenla como está luego a esta torre,
y en ella esté en prisión dura y molesta,
hasta que alguna espada o pluma borre
la mancha que en la honra lleva puesta.

Dagoberto   Porque luenga probanza aquí se ahorre,
está mi mano con mi espada presta
a probar lo que he dicho en campo abierto.

Duque   Parece que admito ese concierto,
puesto que al parecer de mi consejo
tengo de remitir todo este hecho.

Dagoberto   Pues yo en mi espada y mi verdad lo dejo,
y en la sana intención de mi buen pecho.

Embajador   Confuso voy, atónito y perplejo,
entre el sí y entre el no mal satisfecho.
Adiós, señor, porque este estraño caso,
junto con el dolor, acucia el paso.

Duque   ¡Parte con Dios, y lleva mi deshonra
a los oídos de mi yerno honrados,
yerno con quien pensé aumentar la honra
que tan por tierra han puesto ya mis hados!

Mostrado me has, Fortuna, que quien honra
tus altares, en humo levantados,
por premio le has de dar infamia y mengua,
pues quita cien mil honras una lengua.

Anastasio   Oye, señor, si no es que tu grandeza
no se suele inclinar a dar oídos
al bajo parecer de mi rudeza
y a los que amenguan rústicos vestidos.

Dagoberto   La gravedad de confirmada alteza
no tiene aquesos puntos admitidos:
habla cuanto te fuere de contento,
que a todo te prometo estar atento.

Anastasio   Por esta acusación, que a Rosamira
has puesto tan en mengua de su fama,
este rústico pecho, ardiendo en ira,
a su defensa me convida y llama;
que, ora sea verdad, ora mentira
el relatado caso que la infama,
el ser ella mujer, y amor la causa,
debieran en tu lengua poner pausa.
  No te azores, escúchame: o tú solo
sabías este caso, o ya a noticia
vino de más de alguno que notólo,
o por curiosidad o por malicia.
Si solo lo sabías, mal mirólo
tu discreción, pues, no siendo justicia,
pretende castigar secretas culpas,
teniendo las de amor tantas disculpas.
  Si a muchos era el caso manifiesto,
dejaras que otro alguno le dijera:
que no es decente a tu valor, ni honesto,

tener para ofender lengua ligera.
Si notas de mi arenga el presupuesto,
verás que digo, o que decir quisiera,
que espadas de los príncipes, cual eres,
no ofenden, mas defienden las mujeres.
 Si amaras al buen duque de Novara,
otro camino hallaras, según creo,
por donde, sin que en nada se infamara
su honra, tú cumplieras tu deseo.
Mas tengo para mí, y es cosa clara,
por mil señales que descubro y veo,
que en ese pecho tuyo alberga y lidia,
más que celo y honor, rabia y envidia.
 Perdóname que hablo desta suerte,
si es que la verdad, señor, te enoja.

Ciudadano 1

Apostad que le da el príncipe muerte.
¿No veis el labrador cómo se arroja?

Dagoberto

Quisiera de otro modo responderte;
mas será bien que la razón recoja
las riendas a la ira. Calla y vete,
que más paciencia mi bondad promete.

Ciudadano 2

 Por Dios, que habéis hablado largamente,
y que, notando bien vuestro lenguaje,
es tanto del vestido diferente,
que uno muestra la lengua y otro el traje.

Anastasio

A veces un enojo hace elocuente
al de más torpe ingenio: que el coraje
levanta los espíritus caídos
y aun hace a los cobardes atrevidos.
 En fin, ¿éste es el príncipe de Utrino,

digo, el hijo heredero del Estado?

Ciudadano 1   Él es.

Anastasio   Pues, ¿cómo aquí a Novara vino?

Ciudadano 2   Dicen que del amor blando forzado.

Anastasio   ¿Y a quién daba su alma?

Ciudadano 2   Yo imagino,
si no es que el vulgo en esto se ha engañado,
que Rosamira le tenía rendido;
pero ya lo contrario ha parecido.

Anastasio   Si eso dijo la fama, cosa es clara,
y no van mal fundados mis recelos,
visto que en su deshonra no repara,
que esta su acusación nace de celos.
¡Oh infernal calentura, que a la cara
sale, y aun a la boca! ¡Oh santos cielos!
¡Oh amor! ¡Oh confusión jamás oída!
¡Oh vida muerta! ¡Oh libertad rendida!

Ciudadano 1   So aquel sayal hay al, sin duda alguna:
o yo sé poco, o no sois vos villano.

Ciudadano 2   Mudan los trajes trances de fortuna,
y encubren lo que está más claro y llano.
No sé yo si debajo de la Luna
se ha visto lo que hemos visto. ¡Oh mundo insano,
cómo tus glorias son perecederas,
pues vendes burlas, pregonando veras!

Julia	Porcia amiga...
Porcia	¡Bueno es eso! Rutilio me has de llamar, si es que quieres excusar un desastrado suceso. Yo no sé cómo te olvidas de nuestros nombres trocados.

Julia	Suspéndenme los cuidados
	de nuestras trocadas vidas;
	  y no es bien que así te asombre
	ver mi memoria perdida:
	que, quien de su ser se olvida,
	no es mucho olvide su nombre.
	  Rutilio amigo, ¡ay de mí!,
	que arrepentida me veo,
	muerta a manos de un deseo
	a quien yo la vida di.
	  Mientras más, Rutilio, voy
	considerando lo hecho,
	más temor nace en mi pecho,
	más arrepentida estoy.

Porcia	Eso, amigo, es lo peor
	que yo veo en tus dolores:
	que adonde sobran temores,
	hay siempre falta de amor.
	  Si el amor en ti se enfría,
	cuesta se te hará la palma,
	grave tormenta la calma,
	noche oscura el claro día.
	  Ama más, y verás luego
	esparcirse los nublados,

todos tus males trocados
en dulce paz y sosiego.
  Pero, quieras o no quieras,
ya estás puesta en la batalla,
y tienes de atropellalla,
sea de burlas, sea de veras.
  Ya en el ciego laberinto
te metió el amor cruel;
ya no puedes salir dél
por industria ni distinto.
  El hilo de la razón
no hace al caso que prevengas;
todo el toque está en que tengas
un gallardo corazón,
  no para entrar en peleas,
que en ellas no es bien te pongas,
sino con que te dispongas
a alcanzar lo que deseas,
  cuéstete lo que costare:
que si tu deseo alcanzas,
no hay cumplidas esperanzas
en quien el gusto repare.
  Muestra ser varón en todo,
no te descuides acaso,
algo más alarga el paso,
y huella de aqueste modo;
  a la voz da más aliento,
no salga tan delicada;
no estés encogida en nada,
espárcete en tu contento;
  y, si fuere menester
disparar un arcabuz,
¡juro a Dios y a ésta que es cruz,
que lo tenéis de hacer!

Julia	¡Jesús! ¿Quieres que me asombre, Rutilio, en verte jurar?
Porcia	¿Con qué podré yo mostrar más fácilmente ser hombre? Un voto de cuando en cuando, es gran cosa, por mi fe.
Julia	Yo, amiga, jurar no sé.
Porcia	Iráte el tiempo enseñando.
Julia	¿Sabes, Porcia, lo que temo? ¡Ay, que el nombre se me olvida!
Porcia	¡Juro a Dios que estás perdida!
Julia	Ya aqueso pasa de extremo. No jures más; si no, a fe, que te deje y que me vaya.
Porcia	Tanto melindre mal haya.
Julia	Pues, ¿por qué?
Porcia	Yo me lo sé.
Julia	En cólera me deshago en verte jurar por Dios.
Porcia	Pues también soy como vos medrosa, y a todo hago; y no os llevo tantos años,

que ellos puedan enseñarme
la experiencia de librarme
de no conocidos daños.
 Avisad y tened brío;
y, pues ya estamos en esto,
echad del ánimo el resto,
que yo estaré con el mío.

Julia   Porcia amiga, ello es así.
                                ¡Ay, que el nombre se olvidó!

Porcia   ¡Mal haya quien me parió!
                                Di Rutilio, ¡pesia a mí!

Julia   No te enojes, que yo juro
                                de no olvidarme jamás.

Porcia   Cuando jures, jura más
                                y estarás muy más seguro.

Julia   Témome destos pellicos
                                que nos han de descubrir.

Porcia   Yo lo he querido decir:
                                que es malo que sean tan ricos.

Julia   No va en esto, sino en ser
                                conocidos.

Porcia   Pues ¿en qué?

Julia   ¿No ves que yo los mandé
                                de aqueste modo hacer
                                para la farsa o comedia

que querían mis doncellas
hacer?

Porcia   Haráse sin ellas;
mas quizá será tragedia.

Julia   Y no los echaron menos
cuando nosotras faltamos.
Por esto en peligro estamos,
y no por ser ellos buenos.

Porcia   Como a Módena lleguemos,
mudaremos este traje.

Julia   Yo me vestiré de paje.

Porcia   Entrambos nos vestiremos.

Julia   Témome que está en Novara
mi hermano.

Porcia   ¡Pluguiese al cielo!

Julia   Pues a fe que lo recelo;
mas, sin duda, es cosa clara
que él de Rosamira está
en extremo enamorado
y sírvela disfrazado.

Porcia   Eso importa poco ya;
que, en llegando el de Rosena,
Celia se casa con él.
Podrá tu hermano fiel
morir, o dejar su pena.

Julia	¡Qué corta es nuestra ventura! Tú enamorada de quien tiene a otra por su bien; yo, de quien mi mal procura, de quien se casa mañana. Y la fortuna molesta nos lleva a morir la fiesta de nuestra muerte temprana. ¡Qué de imposibles se oponen a nuestros buenos deseos! ¡Qué miedos, qué devaneos nuestra intención descomponen! ¡Ay Rutilio, y cuán en vano ha de ser nuestra venida!
Porcia	Mientras esté con la vida, pienso que en ventura gano. Confía y no desesperes, que puesto en plática está que el diablo no acabará lo que no acaban mujeres.
Julia	Escucha, que gente suena; cazadores son; escucha: gente viene, y gente mucha.
Porcia	No te dé ninguna pena; saludarlos y pasar, sin ponernos en razones.
Cazador 1	¿Tomó dos esmerejones?
Cazador 2	Sí.

| Cazador 1 | No hay más que desear. |
| | ¿Y el duque, quédase atrás? |

| Cazador 2 | No; que veisle aquí a do viene. |

| Cazador 1 | Mucho en Rezo se detiene. |

Cazador 2	Sabed que no puede más.
	Y hoy vendrá su embajador,
	y sabrá lo que ha de hacer.

Porcia	Camilo, aquí es menester
	ingenio, esfuerzo y valor,
	que el de Rosena es aquél
	que allí viene, según creo.

| Julia | ¡Amor, ayuda al deseo, |
| | pues que me pusiste en él! |

| Manfredo | ¿La garza no parece? |

| Cazador 1 | Ayer se descubrió en esta laguna |
| | que a la vista se ofrece. |

| Manfredo | Pues un pastor me ha dicho que ninguna |
| | se ha visto en estos llanos. |

| Cazador 2 | Pues de dos me dijeron dos villanos. |

Manfredo	Dése a Rezo la vuelta;
	que, aunque no es tarde, va creciendo el viento,
	y aquella nube suelta
	señala injuria de turbión violento.

| | ¡Oh, qué bellos zagales! |
| | Mancebos, ¿sois de Rezo naturales? |

Julia — En Pavía nacimos.

Manfredo — Pues, ¿dónde vais agora?

Julia
Hacia Novara,
no más de porque oímos
que el duque Federico allí prepara
una fiesta que admira,
porque casa a su hija Rosamira
con un señor llamado
Manfredo, que es gran duque de Rosena.

Manfredo — Verdad os han contado.

Porcia
Pues a la fama que será tan buena
la fiesta y boda vamos,
y a nuestro padre en cólera dejamos.

Manfredo — ¿Y adónde queda el ganado?

Porcia — Imagino que perdido.

Manfredo — ¡Mucho atrevimiento ha sido!

Julia — A más obliga un cuidado.

Manfredo
¿Úsanse aquestos pellicos
ahora entre los pastores?

Porcia
También muestran sus primores
los villanos, si son ricos.

Manfredo	¿Y lleváis bien que gastar?
Julia	Un tesoro de paciencia.
Manfredo	¿Encargaréis la conciencia si le acabáis de acabar?
Porcia	Tal puede ser el suceso que se acabe el sufrimiento.
Manfredo	¡Por Dios, que me dais contento!
Julia	Ya nos viéramos en eso.
Manfredo	¿Cómo os llamáis?
Julia	Yo, Camilo.
Porcia	Y yo, Rutilio.
Manfredo	En verdad que parecen de ciudad vuestros nombres y el estilo, y que en ellos, y aun en él, poco es, mentís villanía.
Porcia	Como hay estudio en Pavía, algo se nos pega dél.
Julia	Díganos, señor: ¿qué millas desde aquí a Novara habrá?
Manfredo	Treinta a lo más que creo está.

Cazador 2	Y dos más; son angostillas.
Manfredo	Conmigo os iréis, si os place, que yo ese camino hago.
Julia	Yo, por mí, me satisfago.
Porcia	Pues a mí no me desplace. Pero advierta que los dos vamos poco a poco a pie.
Manfredo	Bien está: que yo os daré en que vais.
Porcia	Págueoslo Dios; que bien parecéis honrado, noble y rico y principal.
Cazador 1	Y aun vosotros, de caudal mayor del que habéis mostrado; si no, dígalo el lenguaje, y el uno y otro pellico.
Cazador 2	Es en Pavía muy rico casi todo el villanaje, y éstos hijos deben ser de algún rico ganadero.
Manfredo	A Rezo volverme quiero; bien os podéis recoger.
Uno	Tu embajador ha llegado.

Manfredo	¿Mompesir?
Uno	Sí, mi señor.
Manfredo	Esperadme, por mi amor, que luego vuelvo.
Porcia	Haz tu grado.
Julia	Rutilio, ¿qué te parece?
Porcia	Camilo amigo, que estás en punto donde verás que es bueno el que se te ofrece. La Fortuna te ha traído a poder del duque; advierte que un principio de tal suerte un buen fin tiene escondido.
Julia	¿Parécete que le diga quién soy por un modo honesto?
Porcia	No te descubras tan presto.
Julia	Pues, ¿cómo quies que prosiga?
Porcia	El tiempo vendrá a avisarte de aquello que has de hacer.
Julia	Mi mal no puede tener en parte del tiempo parte. Si no estará el duque apenas tres días sin que se case, ¿cómo dejaré que pase

el tiempo, como me ordenas?

Porcia

Un caso tan grave y tal,
con prisa mal se resuelve.
Silencio, que el duque vuelve;
el semblante trae mortal.

Embajador

Digo, señor, que el príncipe de Utrino,
Dagoberto, heredero del estado,
en mi presencia y la del duque vino,
y allí propuso lo que te he contado.
No con la triste nueva perdió el tino
el padre; padre no, mas recatado
juez, pues, como tal, mandó traella,
y el príncipe afirmó su culpa ante ella.
 Rosamira la oyó, y en su defensa
mover no pudo, o nunca quiso, el labio;
por esto el duque que es culpada piensa,
pues no responde a tan notable agravio.
El caso ponderó, y al fin dispensa,
en todo procediendo como sabio,
que, mientras se ve el caso, la duquesa
en una torre esté encerrada y presa.
 Dagoberto se ofrece con su espada
a probar en el campo lo que dice.
Yo, viendo a Rosamira así acusada,
tus bodas al instante las deshice.
Esto resulta, en fin, de mi embajada;
mira, señor, si bien o si mal hice:
que el duque, ya rendido a su fortuna,
no quiso responderte cosa alguna.

Manfredo

¡Válame Dios, qué miserable caso!
¿Dónde fabricas, mundo, estos vaivenes?

¿Daslos con luenga prevención, o acaso?
¿O por qué antes de dallos no previenes?

Cazador 1

Señor, con largo y con ligero paso,
cubierto de las plantas a las sienes
de luto, un caballero veo que asoma
por el verde recuesto desta loma.

Manfredo

Y aun me parece que hacia aquí endereza
la rienda, y del caballo ya se apea.
¡Qué bien con la color de mi tristeza
viene el que trae aquéste por librea!
¿Quién podrá ser?

Cazador 2

La espada se adereza.

Embajador

Descolorido llega.

Manfredo

Y mal criado.

Dorlán

¡Gracias a Dios, Manfredo, que te he hallado!
Quien viene a lo que yo, Manfredo, vengo,
no le conviene usar de más crianza:
que solo en las razones me prevengo
que estarán en la lengua o en la lanza.
La antigua ley de embajador mantengo:
escúchame, y responde sin tardanza,
que a ti el gran duque de Dorlán me envía
y a guerra a sangre y fuego desafía.
Dice, y esto es verdad, que habiendo dado
a tu corte en la suya alojamiento,
y habiéndote en su casa agasajado,
viniendo a efetuar tu casamiento,
como el troyano huésped, olvidado

del hospedaje, con lascivo intento
su hija le robaste y su sobrina:
traición no de tu fama y nombre digna.
  Por esto, si a su intento no te ajustas,
y a la ley no respondes de hidalguía,
de poder a poder, o, si más gustas,
de persona a persona, desafía.

Porcia

Nuestras sandeces causan estas justas.
¿Haslo notado bien? Di, Julia mía.

Julia

Calla, y entre estos árboles te esconde;
veremos lo que el duque le responde.

Dorlán

  Y tanto a la venganza está dispuesto
de aqueste agravio y malicioso hecho,
que deste paño de color funesto
que se vista su gente toda ha hecho,
en tanto, o ya sea tarde, o ya sea presto,
que, a desprecio y pesar de tu despecho,
castiga la insolencia deste ultraje,
transgresor de la ley del hospedaje.
  Éste es el fin de mi embajada; mira
si quieres responderme alguna cosa.

Manfredo

Reprima mi inocencia en mí la ira
que alborota tu lengua licenciosa;
yo no sé qué responda a esa mentira;
solo sé que Fortuna, mentirosa,
debe o quiere probar con su insolencia
los quilates que tiene mi paciencia.
  Diréisle al duque que ante él mismo apelo
de aquesta acusación vana que ha hecho,
porque, por la Deidad que rige el cielo,

que jamás tal traición cupo en mi pecho.
Leal pisé de su palacio el suelo,
leal salí, guardando aquel derecho
que al hospedaje amigo se debía
y a la ley que profeso de hidalguía.
 Ni vi a su hija, ni jamás la he visto,
ni la intención de mi camino era
hacerme con mis huéspedes malquisto,
aunque el lascivo gusto lo pidiera;
que entonces con mayor fuerza resisto,
cuando la torpe inclinación ligera
con más regalo acude al pensamiento,
estando al ser quien soy contino atento.
 Ni acepto el desafío, ni desecho;
solo lo que pretendo es dilatallo
hasta que el duque esté más satisfecho
y la misma verdad venga a estorballo.
Y cuando esto no fuese de provecho,
y el engaño prosiga en engañallo,
para entonces acepto el desafío,
ajustando a su gusto el gusto mío.
 Esto doy por respuesta y no otra cosa;
mirad si a Rejo queréis ir conmigo.
Dorlán Es el camino largo, y presurosa
la gana de volver al suelo amigo.
¡A Dios quedad!

Manfredo   Fortuna rigurosa,
                 ¿qué es esto? ¿Quién soy yo, o
                 qué pasos sigo
                 tan malos, que se estrema así tu furia
                 en hacerme una injuria y otra injuria?
                  ¡Infamada mi esposa, y yo infamado,
                 y por lo menos de traición! ¿Qué es esto?

¡En tan triste sazón me tiene puesto!

Embajador	Señor, si en nada desto estás culpado,
	no es bien que te congoje nada desto:
	tu esposa aún no era tuya: estotra culpa
	en tu pura verdad tiene disculpa.

Manfredo	No me aconsejes ni me des consuelo,
	y a Rosena mi gente luego vuelva;
	que este rigor con que me trata el Cielo
	quiere que en éste solo me resuelva.

Embajador	Aunque con vengativo, airado celo,
	su fuerza el hado contra ti resuelva,
	yo no le he de dejar.

Manfredo	Escucha un poco:
	quizá dirás de veras que estoy loco.

Porcia	¿Qué hemos de hacer, Camilo?

Julia	¿No está claro?
	Seguir del duque las pisadas todas.

Porcia	¿Con qué ocasión?

Julia	En eso no reparo.

Porcia	¿No ves que se han deshecho ya las bodas?

Julia	Ventura ha sido mía.

Manfredo	No me aclaro
	más por agora.

Embajador	En fin, ¿que te acomodas a ir desa manera?
Manfredo	Ten a punto los vestidos que digo.
Embajador	Harélo al punto.
Manfredo	Y no quede ninguno de los míos. Y en esto no me hagas más instancia, que la mudable rueda en desvaríos tiene encerrada a veces la ganancia. Y estos dos pastorcillos, que en sus bríos muestran más sencillez que no arrogancia, si dello gustan, quedarán conmigo.
Porcia	¿Entendístele?
Julia	¡Y cómo, oh cielo amigo! Señor, si es que la ida de Novara, según que hemos oído, se te impide, volver queremos a la patria clara, si otra cosa tu gusto no nos pide.
Manfredo	Puesto que la fortuna y suerte avara su querer con el mío jamás mide, por esta vez entiendo que me ha dado en los dos lo que pide mi cuidado. Quedaos conmigo, que a Novara iremos, donde, puesto que fiestas no veamos, quizá cosas más raras hallaremos, con que el sentido y vista entretengamos.

Porcia	Por tuyos desde aquí nos ofrecemos:
	que bien se nos trasluce que ganamos
	en servirte, señor, cuanto es posible.

| Manfredo | Haz lo que he dicho. |

| Embajador | ¡Oh, caso no creíble! |

| Anastasio | Poco me alegra el campo ni las flores. |

Cornelio	Ni a mí tus sinsabores me contentan;
	porque es cierto que afrentan los amores
	que en tan bajos primores se sustentan,
	y en mil partes nos cuentan mil autores
	cien mil varios dolores que atormentan
	al miserable amante no entendido,
	poco premiado y menos conocido.

Anastasio	Ya te he dicho, Cornelio, que te dejes
	de darme esos consejos escusados,
	y nunca a los amantes aconsejes
	cuando tienen por gloria sus cuidados:
	que es como quien predica a los herejes,
	en sus vanos errores obstinados.

Cornelio	Muy bien te has comparado. Advierte y mira
	que ya no es Rosamira Rosamira:
	las trenzas de oro y la espaciosa frente,
	las cejas y sus arcos celestiales,
	el uno y otro Sol resplandeciente,
	las hileras de perlas orientales,
	la bella aurora que del nuevo oriente
	sale de las mejillas, los corales
	de los hermosos labios, todo es feo,

si a quien lo tiene infama infame empleo.
  La buena fama es parte de belleza,
y la virtud, perfecta hermosura;
que, a do suele faltar naturaleza,
suple con gran ventaja la cordura;
y, entre personas de subida alteza,
amor hermoso a secas es locura.
En fin, quiero decir que no es hermosa,
siéndolo, la mujer no virtuosa.
  Rosamira, en prisión; la causa, infame;
tú, disfrazado y muerto por liberalla,
ignoras la verdad; ¿y quiés que llame
justa la pretensión desta batalla?

Anastasio
Tu sangre harás, Cornelio, que derrame,
pues procuras la mía así alteralla
con tus razones vanas y estudiadas,
y entre libres discursos fabricadas.
  Vete; déjame y calla; si no, ¡juro...!

Cornelio
Yo callaré; no jures, sino advierte
que gente viene alrededor del muro,
y temo, al fin, que habrán de acometerte.

Anastasio
Desto puedes estar muy bien seguro,
que en la ciudad he estado desta suerte
seis días hace hoy, y estaré ciento:
que salió este disfraz a mi contento.

Andronio
Deja los libros, Tácito;
digo, deja el tomar de coro agora,
y, a nuestro beneplácito,
gozando el fresco de la fresca aurora,
por aquí nos andemos.

Tácito	¡Por Dios, que es buen encuentro el que tenemos! Villano es el morlaco. ¿Quieres que le tentemos las corazas, y veremos si es maco?
Andronio	Siempre en las burlas, Tácito, que trazas, salimos mal medrados. Talle tienen los mozos de avisados.
Tácito	Por esta vez, probemos: que si el pacho consiente bernardinas, el tiempo entretendremos.
Andronio	¡Con qué facilidad te determinas a hacer bellaquerías!
Cornelio	Hacia nosotros vienen.
Tácito	No te rías. Díganos, gentilhombre, así la diosa de la verecundia reciproque su nombre, y el blanco pecho de tremante enjundia soborne en confornino: ¿adónde va, si sabe, este camino?
Anastasio	Mancebo, soy de lejos, y no sé responder a esa pregunta.
Tácito	Dígame: ¿son reflejos los marcurcios que asoman por la punta de aquel monte, compadre?

Cornelio	¡Bellaco sois, por vida de mi madre! ¿Bernardinas a horma? Yo apostaré que el duque no le entiende.
Anastasio	Habláisme de tal suerte, que no sé responderos.
Tácito	Pues atienda, gamicivo, y está atento.
Cornelio	¡Qué donaire y qué gracioso acento!
Tácito	Digo que ¿si mi paso tiendo por los barrancos deste llano, si podrá hacer al caso?
Anastasio	Digo que no os entiendo, amigo hermano.
Tácito	Pues bien claro se aclara, que es clara, si no es turbia, el agua clara. Quiero decir que el tronto, por do su curso lleva al horizonte, está a caballo, y prompto a propagar la cima de aquel monte.
Anastasio	¡Ya, ya; ya estoy en ello!
Tácito	Pues, ¿qué quiero decir, gozmio, camello?
Anastasio	Que son bellacos grandes los mancebitos de primer tonsura.
Tácito	Tontón, no te desmandes, que llevarás del sueño la soltura.

Cornelio	Mi señor estudiante, mire no haga que le asiente el guante.
Anastasio	Confieso que al principio yo no entendí la flor de los mancebos.
Andronio	Arena, cal y ripio trago, mi señorazo papahuevos.
Cornelio	Su flor se ha descubierto.
Tácito	Pues zarpo déste y voyme a mejor puerto.
Cornelio	No se vayan, que asoman otros dos de su traza y compostura, y este camino toman. También son éstos de primer tonsura, y, a lo que yo imagino, de aquí no son, y vienen de camino.

(Entran Julia y Porcia, como estudiantes de camino.)

Porcia	Querría que no errásemos en lo que el duque nos mandó, Camilo, y es que aquí le esperásemos.
Julia	¿Entendístelo bien?
Porcia	Bien entendílo.
Andronio	Argumentando vienen. Lleguémonos, si acaso se detienen, y déjennos con ellos;

gustarán de la burla.

Cornelio   Que nos place.

Anastasio   Yo no estoy para vellos:
                  que mal la alegre burla satisface
                  al alma que no alcanza
                  a ver, si no es burlada, su esperanza.

(Vanse Anastasio y Cornelio.)

Julia   En esta tierra asiste,
                  en disfrazado traje, aquel mi hermano
                  a quien tú adoras triste.
                  Si me encuentra y conoce...

Porcia   Es temor vano;
                  que en tal traje nos vemos,
                  que a la misma verdad engañaremos.
                   A mí una vez me ha visto,
                  y ésa de noche.

ulia   A mí, casi ninguna.
                  Mal al temor resisto;
                  estudiantes son éstos.

Tácito   La fortuna
                  mi atrevimiento ayude;
                  si en trabajo me viere, Andronio, acude.

                  ¿Son estudiantes, señores?

Porcia   Sí, señor, y forasteros.

40

Tácito	¿Pacacios, o caballeros?
Julia	No somos de los peores.
Tácito	¿Y qué han oído?
Porcia	Desgracias.
Julia	Y en ellas somos maestros.
Andronio	Por mi vida, que son diestros y que saben decir gracias. Pues háganme este latín, ansí Dios les dé salud: «Yo soy falto de virtud, tan bellaco como ruin».
Porcia	No venimos dese espacio.
Andronio	No se deben de escusar, si es que nos quieren mostrar que son hombres de palacio.
Julia	Ni aun de nada somos hombres.
Andronio	Pues, ya que se escusan desto, dígannos, y luego, y presto de dónde son, y sus nombres, qué estudian, la edad que tienen, si es rico o pobre su padre, la estatura de su madre, dónde van y de a dó vienen. ¡Turbados están! ¡Apriesa, respondan, que tardan mucho!

Porcia	Con gran paciencia te escucho,
	mancebito de traviesa.
	Váyase y déjenos ir,
	y seréle muy más sano.
Andronio	¡Jesús, qué mal cortesano!
	¿Tal se ha dejado decir?
Julia	Es tarde, y hay que hacer,
	y servimos, y tardamos.
Tácito	Ténganse, que aquí cobramos
	la alcabala del saber;
	porque cuando el sacrilegio
	a Mahoma se entregó,
	esta autoridad nos dio
	nuestro famoso colegio.
	¡Miren si voy arguyendo
	con razones circunflejas!
Porcia	Atruénasme las orejas,
	mancebito, y no te entiendo.
Tácito	Andronio.
Andronio	Ya estoy al cabo.

(Pónese Andronio detrás de Julia para hacerla caer pero no la ha de derribar.)

Tácito	Volviendo a nuestro comienzo,
	el asado San Lorenzo,
	cuyas virtudes alabo,
	en sus Cuntiloquios dice...

Julia	¡Ésta es gran bellaquería,
	y juro por vida mía...!
Tácito	Y dirán que yo lo hice.
Julia	Pero aquí viene nuestro amo,
	y mala ventura os mando.
Tácito	Signori, me recomendo,
	y a la corona me llamo.
	Y a revederci altra volta,
	dove finitemo el resto,
	or non piu, evisogna presto
	fugiré de qui si ascolta.

(Vanse Tácito y Andronio. Entra Manfredo, como estudiante, de camino.)

Manfredo	Rutilio y Camilo, pues,
	¿he, por ventura, tardado?
Porcia	Más de un hora hemos estado
	esperando, como ves;
	y aun nos han dado mal rato
	dos bonitos estudiantes,
	que tienen más de chocantes,
	que no de letras su trato.
	Pero. ¿en qué te has detenido
	tanto tiempo?
Manfredo	Fui escuchando
	dos que iban razonando
	deste caso sucedido.
	Y apostaré que estos dos

que vienen tratan también
deste hecho. Escucha bien
si acierto, así os guarde Dios.

Julia   ¿De qué sirve el escuchar,
pues podemos preguntallo?

(Salen los dos ciudadanos que entraron al principio.)

Ciudadano 1   Por mil conjeturas hallo
que ella habrá de peligrar.

Ciudadano 2   En fin: que no se disculpa.

Ciudadano 1   ¡Ésa es una cosa extraña!

Ciudadano 2   El pensamiento me engaña,
o ella no tiene culpa.

Manfredo   Mis señores, ¿qué se suena
del caso de la duquesa?

Ciudadano 1   Que se está todavía presa,
y el silencio la condena.

Manfredo   ¿Quién la acusa?

Ciudadano 2   Dagoberto.

Manfredo   ¿Da testigos?

Ciudadano 2   Ni aun indicio.

Manfredo   Cierto que no es ése oficio

de caballero.

Ciudadano 1	No, cierto.
Manfredo	¿Y su padre?
Ciudadano 1	¿Qué ha de hacer?
	Solo ha hecho pregonar
	que a quien la acierte a librar
	se la dará por mujer,
	como sea caballero
	el que se oponga a la empresa.
Manfredo	¿Y que calla la duquesa?
Ciudadano 2	Como si fuese un madero.
Manfredo	¿Y del duque que se suena
	que había de ser su esposo?
Ciudadano 1	Que, en sabiendo el caso astroso,
	dio la vuelta hacia Rosena.
	Y aun otras nuevas nos dan,
	ni sé si es verdad o no:
	que, estando en Dorlán, sacó
	una hija al de Dorlán,
	y también a una parienta,
	del mismo duque sobrina,
	y que el duque determina
	vengarse de aquesta afrenta.
	Y que se tiene por cierto
	que la sacó el de Rosena.
Ciudadano 2	Hasta agora, ansí se suena;

ni sé si es cierto o incierto.

Manfredo Y, si como eso es mentira,
como me doy a entender,
podrá ser que venga a ser
bien mismo de Rosamira:
que sé que el duque es muy bueno,
y que traición ni ruindad,
si no es razón y bondad,
jamás albergó en su seno.

Ciudadano 1 ¿Sois acaso milanés?
Porque de sello dais muestra.

Manfredo Aunque la lengua lo muestra,
no soy sino boloniés;
mas he estudiado en Pavía,
y algo la lengua he tomado.

Ciudadano 2 ¿Y qué es lo que se ha estudiado?

Manfredo Humanidad.

Ciudadano 1 Sí haría:
que todos los de su edad
eso es lo que estudian más.

Manfredo Sin estudiarla, jamás
se aprende esta facultad.

Ciudadano 1 ¿Y a qué venís a Novara?

Manfredo A ver la boda venía.

Ciudadano 2	No quiso en tanta alegría ponernos la suerte avara; y en lugar della, podréis ver, si gustáis, la batalla.
Manfredo	Si no hay quien salga a tomalla.
Ciudadano 1	Poco tiempo os detendréis: que no quedan más de seis días para el plazo puesto.
Manfredo	De quedarme estoy dispuesto.
Ciudadano 1	Sin duda, lo acertaréis. Y ¡adiós!
Manfredo	Con Él vais los dos.
Ciudadano 2	¿Luego aquí os queréis quedar?
Manfredo	Sí; porque aquí he de aguardar a un amigo.
Ciudadano 2	Pues, ¡adiós!
Manfredo	Yo no sé en qué se confía mi dudosa voluntad, y, si no es curiosidad, ¿qué locura es ésta mía? Creo que a darme deshonra, ingrato amor, te dispones, pues cuando está en opiniones la honra, no hay tener honra.

(Vanse Julia, Porcia y Manfredo. Sale el duque Federico y el carcelero que tiene a la duquesa Rosamira.)

Duque   ¿Cómo está la duquesa?

Carcelero   Negro luto
cubre su faz, y, sola en su aposento,
al suelo da de lágrimas tributo
con doloroso, amargo sentimiento.

Duque   ¡Oh bien hermoso y mal nacido fruto,
marchito en la sazón de más contento,
y cómo al mejor tiempo me has burlado,
quedando en mis designios defraudado!
¿Y que no se disculpa?

Carcelero   Ni por pienso.

Duque   ¿De quién se queja?

Carcelero   De su corta suerte.

Duque   En breve tiempo de su vida el censo
dará a una infame, inevitable muerte.

Carcelero   ¿Sabes, señor, lo que imagino y pienso?

Duque   ¿Qué piensas o imaginas?

Carcelero   Que es muy fuerte
de creer que el de Utrino verdad diga.

Duque   A que lo crea su bondad me obliga,
y el ver que Rosamira, en su disculpa,

el labio no ha movido ni le mueve;
y es muy cierta señal de tener culpa
el que a volver por sí nunca se atreve.
La culpa es grave; grave el que la culpa;
el plazo a la batalla, corto y breve;
defensor no se ofrece: indicio claro
que a su desdicha no ha de hallar reparo.

Carcelero   ¿Si quisiere, por dicha, dar descargo
con otro, pues no quiere en tu presencia,
quizá turbada del infame cargo,
dejarla he visitar?

Duque   Con mi licencia.

Carcelero   Puesto que el bien guardalla está a mi cargo,
no está a mi cargo usar desta inclemencia:
que, a fe, si su remedio se hallase,
que muy poco tus órdenes guardase.

Fin de la primera jornada

Jornada segunda

(Salen Cornelio y Anastasio.)

Cornelio   Volviendo a lo comenzado,
señor, ¿qué piensas hacer?

Anastasio   Lo que procuro es saber
si el príncipe se ha engañado,
o qué causa le ha movido
a acusar a Rosamira:
si fueron celos, o ira,
ser llamado, y no escogido;
y, cuando desta querella
no sepa verdad jamás,
por gentileza no más
me dispongo a defendella.

Cornelio   Propongo que Dagoberto
es vencido en la batalla,
y que ella libre se halla
de la tormenta en el puerto:
¿tendrás por cosa notoria
el poder asegurarte
que la razón vino a darte,
y no fuerza, la vitoria?
Porque de Dios los secretos
son tan incomprehensibles,
que a veces vemos visibles,
de bienes, malos efetos.

Anastasio   Ya entiendo tus argumentos,
y con ellos me das pena.
Haga el Cielo lo que ordena;

yo honraré mis pensamientos.

(Salen Julia y Porcia.)

Cornelio   Los estudiantes son estos
de quien los otros burlaron.

Anastasio   Sus burlas, ¿en qué pararon?

Cornelio   Eran algo descompuestos.
Forastero me parece
en cierto modo su traje;
eso veré en su lenguaje,
si el hablallos se me ofrece.

Porcia   Camilo, no te descuides
en mostrar en dicho y hecho
que eres varón, a despecho
de cuantos cuidados cuides.
Deja melindres aparte,
da a las ternezas de mano,
y mira que está en tu mano
el perderte o el ganarte.
Mira que amor te ha traído,
por un nunca visto enredo
a ser paje de Manfredo,
y paje favorecido:
que es principio que asegura
buen fin a tu pretensión.

Julia   Tienes, Rutilio, razón;
mas no tengo yo ventura,
pues, cuando más me acomodo
a hacer lo que me ordenas,

embebecida en mis penas,
se me olvida a veces todo.
 Mas, ¡ay de mí, desdichada,
que éste es el duque, mi hermano!

Porcia   Vuelve el rostro a esotra mano,
y vuélvete a la posada;
 que él no me conoce a mí,
y conviéneme hablalle.

Julia   ¿Por dó he de ir?

Porcia   Por esa calle.

Julia   ¿Vendrás presto?

Porcia   Voy tras ti.
(Vase Julia.)   Buen hombre, ¿sois desta tierra?

Anastasio   Ni soy della, ni buen hombre.

Porcia   Pues, ¿cómo la vuestra ha nombre?

Anastasio   Como el cielo que la encierra.

Cornelio (Aparte.) (Querrá decir Rosamira,
que es tierra y cielo a do vive.
Estas quimeras concibe
quien más por amor suspira.)

Anastasio   Y vos, ¿sois deste lugar,
señor estudiante?

Porcia   No.

Anastasio	¿Pues de dónde?

Porcia	Aún no sé yo
	de a dó me podré llamar:
	que el cielo y tierra, hasta agora,
	me tratan como estranjero,
	y ni dél ni della espero
	ver en mis cuitas mejora.

Anastasio	¿Vos con cuitas en edad
	tan tierna? ¡A fe que me espanta!

Porcia	A los años se adelanta
	tal vez la calamidad;
	y más cuando son de aquellas
	que trae el amor en sus alas.

Cornelio	Sus razones no son malas,
	aunque yo no sé entendellas;
	mas, con todo, apostaré
	que está el rapaz traspasado
	del agudo arpón dorado,
	como el señor su mercé.

Anastasio	¿Amáis, por ventura?

Porcia	Sí;
	mas no sé si por ventura,
	aunque alguna me asegura
	ver ahora lo que vi.

Anastasio	Pues, ¿qué veis?

Porcia	No será honesto hacer que me ponga en mengua tan fácilmente mi lengua como mis ojos me han puesto; ni vuestro traje me mueve, ni mi deseo, a mostrar lo que en silencio ha de estar hasta que otras cosas pruebe.
Anastasio	¿Tan mal os parece el traje?
Porcia	No, por cierto; porque veo que dese rústico aseo es muy contrario el lenguaje, y podrá ser que el sayal encubra el al del refrán.
Anastasio	¿De dónde sois?
Porcia	De Dorlán.
Anastasio	De ahí soy yo natural. ¿Cuánto ha que de allá venistes?
Porcia	Poco más de doce días.
Anastasio	¿Qué hay de nuevo?
Porcia	Niñerías, aunque son un poco tristes.
Anastasio	¿Y qué son?
Porcia	Que el de Rosena,

que el de Dorlán hospedó,
a Julia y Porcia robó,
como Paris hizo a Helena.

Anastasio   ¿Tiénese eso por verdad?

Porcia   Sí tiene; mas yo imagino
que no lleva más camino
que del cielo la maldad.

Anastasio   ¿Pues qué dicen?

Porcia   Yo entreoí
que la Porcia quería bien
a Anastasio.

Anastasio   ¿Cómo? ¿A quién?

Porcia   A Anastasio.

Anastasio (Aparte.) (¿Cómo? ¿A mí?
¿A su primo hermano? ¡Bueno!)

Porcia   Quizá guiaba su intento
por vía de casamiento.

Anastasio   Deso está mi bien ajeno.
Mas, ¿eso qué importa al hecho
de roballa?

Porcia   No sé yo;
dícese que la sacó
el mismo amor de su pecho.
Mas deben de ser hablillas

del vulgo mal informado.

Cornelio   A mí me han maravillado.

Anastasio   ¿Pues de qué te maravillas?
 Di: ¿no puede acontecer,
sin admiración que asombre,
que una mujer busque a un hombre,
como un hombre a una mujer?

Cornelio   Sí puede; y es tan agible
lo que dices, que se ve
que, en las posibles, no sé
otra cosa más posible.

Anastasio   Como a su centro camina,
esté cerca o apartado,
lo leve o lo que es pesado,
y a procuralle se inclina,
 tal la hembra y el varón
el uno al otro apetece,
y a veces más se parece
en ella esta inclinación;
 y si la naturaleza
quitase a su calidad
el freno de honestidad,
que tiempla su ligereza,
 correría a rienda suelta
por do más se le antojase,
sin que la razón bastase
a hacerla dar la vuelta;
 y ansí, cuando el freno toma
entre los dientes del gusto,
ni la detiene lo justo,

ni algún respeto la doma.

Porcia　　　　　　　¡En poca deuda os están
　　　　　　　　　　las mujeres!

Cornelio　　　　　　　　　　　Si así fuera,
　　　　　　　　　　ni yo este traje trujera,
　　　　　　　　　　ni él vistiera aquel gabán.

Anastasio　　　　　　No es tan poca: que si hago
　　　　　　　　　　la cuenta, no sé yo paga
　　　　　　　　　　que a la deuda satisfaga,
　　　　　　　　　　puesto que en ella me pago.

Porcia　　　　　　　En fin: ¿amáis?

Anastasio　　　　　　　　　　　Alma tengo,
　　　　　　　　　　y no he de estar sin amor.

Porcia　　　　　　　Hay amor bueno, y mejor.

Anastasio　　　　　　Yo con el mejor me avengo.

Porcia　　　　　　　¿Es labradora?

Anastasio　　　　　　　　　　　El tabarro
　　　　　　　　　　que me cubre así lo dice.

Porcia　　　　　　　Pues todo lo contradice
　　　　　　　　　　el talle y horro bizarro;
　　　　　　　　　　 que el tabarro es tosca caja
　　　　　　　　　　que encierra el fino diamante.

Cornelio　　　　　　¡El diablo es el estudiante!

¡Qué bien su razón encaja!
 Apostaré que mi amo,
sin más ni más, le da cuenta
de quién es y lo que intenta.
Por aquesto le desamo:
 que presume de discreto,
y no ve que es ignorancia,
en las cosas de importancia,
fiar de nadie el secreto.

Anastasio   Ahora bien: si vuestra estada
no es de asiento en el lugar
y queréis conmigo estar
en una misma posada,
 en la que tengo os ofrezco
el género de amistad
que engrandece la igualdad.

Porcia   Daisme lo que no merezco.
 Mas heme de despedir
primero de un cierto amigo.

Cornelio   Aquesto es lo que yo digo:
él se vendrá a descubrir.

Anastasio   A la insignia del Pavón
es mi estancia.

Porcia   Andad con Dios,
que mañana soy con vos.
¡Oh venturosa ocasión!

(Vanse Anastasio y Cornelio.)

Si al fuego natural no se le pone
materia que en la tierra le sustente,
volveráse a su esfera fácilmente,
que así naturaleza lo dispone.
 Y el amante que quiere que se abone
su fe con afirmar que no consiente
en su alma esperanza, poco siente
de amor, pues que a su ley justa se opone.
 Cual sin el agua quedaría la tierra,
sin Sol el cielo, el aire sin vacío,
el mar en tempestad, nunca en bonanza,
 y sin su objeto, que es la paz, la guerra,
forzado sin su gusto el albedrío,
tal quedara amor sin esperanza.

(Vase Porcia. Salen Tácito y Andronio.)

Andronio   Vamos hacia la prisión
de la duquesa, que importa.

Tácito   Reporta, Andronio, reporta
tu arrojada condición:
 que siempre quieres saber
lo que no te importa un pelo.

Andronio   Soy curioso.

Tácito   Yo recelo
que aqueso te ha de ofender.
 Necio llamaré del todo,
no curioso, al que se mete
en lo que no le compete
ni toca por algún modo.
 Hay algunos tan simplones,

que desde su muladar
se ponen a gobernar
mil reinos y mil naciones;
 dan trazas, forman Estados
y repúblicas sin tasa,
y no saben en su casa
gobernar a dos criados.
 De aquéllos mi Andronio es,
y esto lo sé con certeza,
que emiendan a la cabeza,
y apenas son ellos pies.
 Llaman con su ceguedad
y mal fundada opinión,
al recato, remisión;
al castigo, crueldad.
 El gobierno no les cuadra
más justo y más nivelado;
siguen del vulgo engañado
la siempre mudable escuadra.
 El que es buen vasallo, atiende
a rogar por su señor,
si es bueno, que sea mejor;
y si es malo, que se emiende.
 De los viejos que enterramos,
fue sentencia singular
que el mundo hemos de dejar
del modo que le hallamos.
 ¿Qué te importa a ti si hace
bien o mal el duque en esto?

Andronio   ¿Hasme oído tratar desto?

Tácito   Y tanto, que me desplace.
                 Que quemen a la duquesa,

no se te dé a ti un ardite.

Andronio

Desde hoy más guardaré el chite,
y de lo hablado me pesa.

Tácito

A la espada me remito
de Dagoberto en la riña.

Andronio

¿Si vence...?

Tácito

Pague la niña:
que a buen bocado, buen grito.
Quien de honestidad los muros
rompe, mil males se aplica.

Andronio

Cuando la zorra predica,
no están los pollos seguros.

(Vanse Tácito y Andronio. Sale Porcia, como labrador, y Julia, como estudiante.)

Julia

¿Por qué quieres intentar,
Rutilio, tan gran locura?

Porcia

Porque en el mal es cordura
no temer, sino esperar;
y la negligencia estraga
los remedios del dolor,
y no quiero yo que amor
conmigo milagros haga.
El que padece tormenta,
si es que de piloto sabe,
si puede, guíe la nave
a donde menos la sienta.

Yo en la mía un puerto veo
a los ojos de mi fe,
y allá me encaminaré
con los soplos del deseo.
 Ya viste que era tu hermano
el labrador que aquí vimos:
que los dos le conocimos,
aunque en el traje villano;
 y ha muchos días que sabes,
y yo también, por mi mal,
que tiene de su caudal
el amor todas las llaves,
 y que Rosamira es
la que así le tiene aquí.

Julia

Ya yo te he dicho que sí.

Porcia

Pues dime: ¿ahora no ves
 que será muy acertada
la traza que te he contado?

Julia

Caminas tras tu cuidado;
en fin, como enamorada.
 ¿Que podrás dejarme a solas?

Porcia

¿A solas dices que estás,
quedando con quien podrás
contrastar de amor las olas?
 Ingenio tienes, y brío,
y ocasión tienes también
para procurar tu bien,
como yo procuro el mío.

Julia

¿Y si te conoce, a dicha?

Porcia	Engañada en eso estás:
	que él no me ha visto jamás.
Julia	Puede mucho una desdicha.
Porcia	Nuestro mucho encerramiento
	y libertad oprimida,
	como causó esta venida,
	cegará su entendimiento.
Julia	Pues si el cielo, mi enemigo,
	te hiciere conocer,
	nunca lo des a entender
	que te veniste conmigo.
	Sigue a solas tu ventura,
	que yo seguiré la mía,
	y el blando amor que nos guía
	abone nuestra locura.
	Yo a Manfredo le diré
	que a la patria te volviste.
	Mas, ¿qué gente es ésta? ¡Ay triste!
Porcia	No sé; disimúlate.

(Salen Anastasio, Manfredo y los dos ciudadanos.)

Ciudadano 1	Es el caso inaudito, y la insolencia
	del duque de Rosena demasiada,
	mala en el hecho y mala en la apariencia.
Anastasio	Cuando del apetito es sojuzgada
	la razón, no hay respeto que se mire,
	ni justa obligación que sea guardada.

Ciudadano 2	¿Quién lo vendrá a entender que no se admire?:
	que, faltando a la ley del hospedaje,
	con las prendas del huésped se retire.
	Y más aquel que debe por linaje,
	por ser, por calidad, por gentileza,
	hacer a todos bien, a nadie ultraje.
Anastasio	Debe de ser de vil naturaleza,
	o a quien soberbia natural inclina
	a tan infames hechos de bajeza.
	Pues a fe que fabricas tu ruina,
	Manfredo ingrato: que Dorlán bien suele
	amansar tu arrogancia repentina.
Manfredo	A un pobre labrador, ¿por qué le duele
	tanto de Julia y Porcia el robo incierto?
	Quizá miente la fama.
Porcia	¿Hablaréle?
Julia	Háblale; pero no te ha descubierto.
Anastasio	¡Siempre son ciertas las desdichas mías!
Manfredo	¿Desdichas tuyas? ¡Bueno estás, por cierto!
Anastasio	¿Qué scita vive en sus regiones fieras,
	qué garamanta en su abrasada arena,
	o en tierras, si las hay, de amubaceas,
	que apruebe que un gran duque de Rosena,
	siendo del de Dorlán huésped y amigo...
Julia	Aquestos argumentos me dan pena.

Anastasio	...como astuto ladrón, como enemigo,
	haberle de sus prendas despojado,
	sin que diga lo mismo que yo digo:
	¿que fue Manfredo ingrato y mal mirado?
Julia	Apostaré que el duque te conoce.
Porcia	Desvíate en buen hora a esotro lado.
Manfredo	Buen hombre, no es razón que se alboroce
	así vuestro sentido: que a Manfredo
	no le estima cual vos quien le conoce.
Julia	Que han de reñir los dos tengo gran miedo.
Porcia	Pues, por Dios, que si riñen...
ulia	Calla o vete.
Porcia	Añade a lo que dices: si es que puedo.
Anastasio	Tampoco no sé yo a qué se entremete
	a defender un hecho un estudiante
	donde tan gran pecado se comete.
Ciudadano 2	Señores, no paséis más adelante:
	que si es verdad que el duque hizo tal hecho,
	aquel que lo defienda es ignorante.
Anastasio	¡Vive Dios, que se me arde en rabia el pecho!
Manfredo	¡Por Dios, que está el villano muy donoso!

Julia	Cuajóse la cuestión; ello está hecho.
Anastasio	¿Villano a mí? ¡Escolar sucio y astroso, capigorrón, brodista, pordiosero!
Manfredo	¡Oh villano otra vez, loco furioso!
Porcia	Mal haré si no ayudo a quien bien quiero.
Ciudadano 1	¿Qué es esto? ¿Con puñal a un desarmado?
Anastasio	Dejad que llegue aqueste vil grosero.
Ciudadano 2	Cada cual de los dos sea bien mirado: miren quién está en medio.
Manfredo	¿Tanto brío en un villano pecho está encerrado?
Julia	¿Piedras a mi señor?
Porcia	¿Piedras tú al mío?
Julia	¡Oh! ¿También tú, villano?
Porcia	¡Oh sucio paje!
Julia	Rutilio, di: ¿no es éste desvarío? ¿Bofetada en mi rostro? ¡Ya el coraje ha llegado a su punto, y no es posible que temor o respeto aquí le ataje!
Ciudadano 1	Los dos criados, con furor terrible,

se han asido también.

Ciudadano 2   ¡Ténganse, digo!

Manfredo   ¡Hasta que mate a éste, es imposible!

Anastasio   ¡No estimo su puñal en solo un higo!

Ciudadano 2   ¡Otra vez digo que se tengan, ea!

Julia   ¡Deja estar los cabellos, enemigo!
　　　　　¿Quieres, con esparcirlos, que se vea
　　　　　quién somos?

Porcia   　Pues, hereje, ¿estásme dando,
　　　　　y no te he yo de dar?

Ciudadano 1   　　　　　Otra pelea
　　　　　es ésta más cruel que estoy mirando.

Julia   ¡Ay, que la boca toda me deshaces!

Porcia   ¡Suelta tú el labio!

ulia   　¡Ya le voy soltando!

Porcia   ¡Acaba de soltar!

Ciudadano 1   　¡Quitad, rapaces!

Julia   ¡Ay, que me muerde!

Porcia   ¿Echáisme zancadilla?

68

Julia	Qué haces, enemigo?
Porcia	Y tú, ¿qué haces?
Ciudadano 2	Envainad vos, señor, y esta rencilla quédese así, pues no os importa nada.
Manfredo	¡Dios sabe por qué gusto diferilla!
Porcia	Quitásteme el gabán, desvergonzada; la mano, digo, que tal fuerza tiene; pero ésta mía me hará vengada.
Ciudadano 1	¿Han visto con qué brío el mozo viene? ¿Y éste es vuestro criado?
Anastasio	No, por cierto.
Manfredo	Rutilio, ¿cómo es esto?
Porcia	No conviene que mi designio aquí sea descubierto.
Manfredo	Pues, ¿por qué peleabas con tu hermano?
Porcia	De ignorancia nació mi desconcierto; que, como vi este traje de villano, tan parecido a aquellos de mi tierra, dejarle de ayudar no fue en mi mano. Y creo, si la vista no se yerra, que éste es un mi pariente conocido, que de todo mi gusto me destierra.
Manfredo	El seso, al parecer, tienes perdido;

	mas no le pierdas tanto que señales
	pieza por donde yo sea conocido.
Porcia	Seguro está, señor, que ni por males
	ni bienes que a Rutilio el cielo envíe,
	dará de ser quién eres las señales,
	y en tal seguro el tuyo se confíe.
Manfredo	¿De modo que a la patria quiés volverte?
Porcia	Antes que el tiempo cargue y más enfríe.
Manfredo	¡Adiós, que yo no quiero detenerte!
Porcia	Mi hermano queda acá.
Manfredo	Gusto infinito.
Porcia	Plega a Dios que en servirte en todo acierte.

(Vanse Manfredo y los dos ciudadanos.)

Julia	Dime, Rutilio: ¿a dicha, queda escrito
	en el alma el rencor que hemos mostrado?
Porcia	A la ocasión y al gusto le remito.
Julia	¿Iré de tu buen pecho confiado?
Porcia	Pues, ¿quién lo duda?
ulia	¡Adiós, pues, firme amigo!

(Vase Julia.)

Porcia	¡Adiós, mocito mal aconsejado! Ya me tienes, señor, aquí contigo; a tu gusto me manda, que yo espero que amor me ha de ayudar al bien que sigo.
Anastasio	Pues yo de todo bien ya desespero. ¡Oh amor, que con la vida me atropellas la honra, pues sin ella vivo y muero! Allí llega el ardor de sus centellas, donde pueda quitar el sentimiento de las cosas que es muerte el no tenellas. Julia, robada; el duque, en salvamento; yo, a quien el caso toca, descuidado con el cuidado que en el alma siento. De un estudiante vil mal afrentado; socorrido de un pobre pastorcillo, aunque en esto me doy por bien pagado. Padezco el mal; no sé a quién descubrillo; mas, aunque lo supiese, no osaría, pues no es para sufrillo ni decillo.
Porcia	Si acaso éste no fuera el primer día que de buena amistad te doy la mano, pudiéraste fiar de la fe mía. Acomódome al traje de villano por servirte en el tuyo: señal clara que soy de proceder fácil y llano. Si en algunos escrúpulos repara tu voluntad, el tiempo tendrá cargo de mostrarte la mía abierta y clara. Yo de serte fiel solo me encargo, con pecho noble, sin torcido enredo, sin que dificultad me ponga embargo.

Anastasio   Sabrás... basta, no más.

Porcia   ¿Que tienes miedo
                   de descubrirte a mí? Pues yo te juro,
                   por todo aquello que jurarte puedo,
                    que puedes sin escrúpulo, al seguro,
                   fiar de mí cualquier tu pensamiento.

Anastasio   Conviéneme creer que estoy seguro;
                    porque para salir con el intento
                   que tengo, solo entiendo que tú eres
                   el más fácil y cómodo instrumento;
                    y es menester, si gusto darme quieres,
                   que, fingiendo ser moza labradora...
                   ¿De qué te ríes?

Porcia   Di lo que quisieres,
                    que no me río, a fe.

Anastasio   Si es que no mora
                   voluntad en tu pecho de servirme,
                   dímelo, y callaré luego a la hora.

Porcia   No digo de mujer; pero vestirme
                   de diablo lo haré, pues que te agrada,
                   con prompta voluntad y ánimo firme.

Anastasio   Serás de mí tan bien gratificado,
                   que iguale a tu deseo el beneficio.

Porcia   Quedo en solo servirte bien pagado.
                    Prosigue, pues.

Anastasio	Ha dado en sacrificio
	un amigo su alma a la duquesa,
	que está acusada de un infame vicio.
	No se puede saber, como está presa,
	si tiene culpa o no, y él, sin sabello,
	duda el ser defensor de tal empresa.
	A mí me ha dado el cargo de entendello,
	y, con este gabán disimulado,
	ha algunos días que he entendido en ello.

| Porcia | ¿Y has alguna verdad averiguado? |

| Anastasio | Ninguna. |

| Porcia | Pues, ¿qué ordenas? |

Anastasio	Que te pongas
	en el traje que digo disfrazado,
	y a dar a Rosamira te dispongas
	un papel, y a sacarle de su pecho
	cuanto tuviere en él.

Porcia	Como compongas
	bien el rústico traje, ten por hecho
	lo que pides.

Anastasio	La entrada está segura,
	dejando al carcelero satisfecho.
	Has de llevar el rostro con mesura.

Porcia	Para una labradora, poco importa;
	basta que lleve el pecho con cordura.
	La carta escribe y la partida acorta,
	que yo de parecer mujer no dudo.

Anastasio	Habla sutil, y en pláticas sé corta.
Porcia	¡Ah ciego amor, de piedad desnudo, y en qué trance me pones!
Anastasio	¿Te arrepientes?
Porcia	Nunca del buen intento yo me mudo. Aunque tuviera el caso inconvenientes mayores, con mi industria los venciera y buscara los medios suficientes.
Anastasio	Si supieses la paga que te espera, cual yo la sé, mancebo generoso, a más tu voluntad se dispusiera: que soy otra persona que este astroso hábito muestra.
Porcia	Y yo seré un criado para ti el más fiel y cuidadoso que se pueda hallar en lo criado.

(Vanse. Salen Manfredo y Julia.)

Manfredo	¡Brioso era el villano!
Julia	Y atrevido además, según dio muestra.
Manfredo	Y muy necio tu hermano.
Julia	La juventud lo causa, poco diestra en lazos de importancia.

Manfredo	¿Volvióse?
ulia	¡Y no le arriendo la ganancia!
Manfredo	Torna, pues, ¡oh Camilo!,
	y dime aquello que decías agora,
	usando el mismo estilo:
	que el modo de decirlo me enamora,
	y el caso me suspende.
Julia	Pues dello gustas, buen señor, atiende.

   Llegóse a mí un mancebo
de agradable presencia, bien tratado,
con un vestido nuevo,
que creo que por éste fue trazado;
llegóse, como digo,
y díjome: «Escuchadme, buen amigo».
 Volví, miréle, y vile
lloviendo perlas de sus bellos ojos;
la mano entonces dile,
de lástima movido, y él, de hinojos,
temeroso tomóla,
y, bañándola en lágrimas, besóla.
 Yo, del caso espantado,
le alcé y le pregunté lo que quería;
él, casi desmayado,
me dijo que merced recibiría
si un poco le escuchase
en parte donde naide nos notase.
 Llevéle a mi aposento;
sentóse, sosegóse, y después dijo
con desmayado aliento,
con voz turbada y anhelar prolijo:

«Yo soy...», y calló luego,
y el rostro se le puso como un fuego.
 Por estos movimientos
conocí que vergüenza le estorbaba
a decir sus intentos;
y como yo sabellos deseaba,
lleguéme a él, diciendo
razones que le fueron convenciendo.
 En fin, dellas vencido,
tras de un suspiro doloroso, ardiente,
ya el rostro amortecido,
el codo y palma en la rodilla y frente,
dijo: «Yo soy aquella
a quien persigue su contraria estrella.
 Yo soy la sin ventura
que, a la primera vista de unos ojos,
sin valor ni cordura,
rendí la libertad de los despojos
de la honra y la vida,
pues una y otra cuento por perdida.
 Yo soy Julia, la hija
del duque de Dorlán, cuyo deseo
ya no hay quien le corrija;
ni el cielo ofrece, ni en la tierra veo
remedio al dolor mío,
y es bien que no le tenga un desvarío».
 Quedé, en oyendo aquesto,
bien como estatua mudo, y, sin hablalla,
quise escuchar el resto,
temiendo con mi plática estorballa;
y prosiguió diciendo
lo que me fue encantando y suspendiendo:
 «Yo dijo vi a Manfredo,
aqueste dueño venturoso tuyo

que ya no tengo miedo,
ni de contar, y más a ti, rehuyo
la mal tejida historia,
digna de infame y de inmortal memoria.
 Teníame mi padre
encerrada do el Sol entraba apenas;
era muerta mi madre,
y eran mi compañía las almenas
de torres levantadas,
sobre vanos temores fabricadas.
 Avivóme el deseo
la privación de lo que no tenía
que crece, a lo que creo,
la hambre que imagina carestía;
mas no era de manera
que yo no respondiese a ser quien era.
 Hasta que mi desdicha
hizo que este Manfredo huésped fuese
de mi padre, que a dicha
tuvo que la ocasión se le ofreciese
de mostrar su grandeza
sirviendo a un duque de tan grande alteza.
 En fin, yo, de curiosa,
un agujero hice en una puerta,
que a la vista medrosa,
y aun al alma, mostró ventana abierta
para ver a Manfredo.
    Vile, y quedé cual declarar no puedo».

    Ni aun yo puedo contarte
    más por agora, porque gente viene.

Manfredo   Vamos por esta parte,
                que está mas fresca y menos gente tiene.

Anda, que estoy suspenso,
y vame dando el cuento gusto inmenso.

(Vanse Manfredo y Julia. Sale Porcia, como labradora, con un canastico de flores y fruta.)

Porcia

Amor, bien será que abajes
mi vida a tu proceder,
pues no me quieres comer,
aun hecha tantos potajes.
 Primeramente pastor
me hiciste, y luego estudiante,
y, andando un poco adelante,
me volviste en labrador,
 para labrar mis desdichas
con yerros de tus marañas:
que éstas son de tus hazañas
las más venturosas dichas.
 Flores llevo, donde el fruto
que cogeré ha de ser tal,
que al corazón de mortal
le sirva y de triste luto.
 Papel que vas encerrado
entre estas flores, advierte
que eres sierpe que a mi muerte
ha el amor determinado.
 No pienses, yendo conmigo,
ver tu intención declarada:
que no he de poner la espada
en manos de mi enemigo.
 Tú de mi alma lo eres,
y éstos del cuerpo lo son.

(Salen Tácito y Andronio.)

¡Del diablo es esta visión!
¡Vade retro! ¿Qué me quieres?

Tácito
 ¡Oh, qué buen rato se ofrece
con la pulida villana!

Porcia
¡Por Dios, que vengo de gana!

Andronio
Bonísima me parece.
 ¿Qué es lo que cogió del suelo?

Tácito
 Algo que se le cayó;
o tú llega, o llego yo.

Porcia
Algún mal caso recelo;
 que éstos son grandes bellacos,
y me tienen de embestir.
¡Oh, quien pudiera huir
el encuentro destos cacos!

Tácito
 Mi señora labradora,
vengáis con los años buenos,
de paz y abundancia llenos.

Andronio
Vengáis muy mucho en buen hora.

Tácito
 ¿Qué trae aquí, por mi vida?
¡Oh, pese a quien me parió!

Andronio
¿Diote?

Tácito
 Sí. ¡Y cómo que me dio!
La mano tengo aturdida.

¡Con otro me has de pagar
el garrote que me has dado!

Porcia
¡Que me roban en poblado!
¿No hay quien me venga a ayudar?
¡Que me roban, ay de mí!
¡Ladrones, dejad la cesta!

(Sale el carcelero.)
¿Qué soledad es aquésta?
¿Naide pasa por aquí?

Carcelero
¿Qué es esto, desvergonzados?

Tácito
Ojo, el señor, ¿con qué viene?
Bien parece que no tiene
los amplíficos cuidados
ni la cuenta del negocio
de los dolientes distintos,
cuando destos laberintos
es la propria causa el ocio.

Carcelero
¿Qué es lo que decís, malditos?

Andronio
Que se vaya dilatando
en paz, con el cómo y cuándo;
tenga los ojos marchitos,
porque nos cumple acabar
con aquesta labradora.

Carcelero
Y vos, ¿qué decís, señora?

Porcia
Que me querían robar
aquesta fruta que llevo
a la señora duquesa.

80

Carcelero	¿A la presa?
Porcia	Sí, a la presa.
Tácito	Nego.
Andronio	Probo.

(Meten la mano en el canastillo y comen de la fruta.)

Tácito	Y yo las pruebo.
Carcelero	¡Hideputa, sinvergüenza! ¡Andad, bellacos, de aquí!
Tácito	Nunca el comer puso en mí género de desvergüenza.
Andronio	Agradezca la villana que ha tenido buen padrino; mas si hacéis otro camino, yo reharé mi sotana.
Tácito	¡Mal haya la suerte avara!
Andronio	Vamos, amigo, a lición...

(Vanse Tácito y Andronio.)

Carcelero	Tan grandes bellacos son como los hay en Ferrara. Vamos, labradora, a donde podáis ver a la duquesa, que en mi poder está presa.

Porcia   Guíe, que no sé por dónde.

(Vanse. Salen Manfredo y Julia.)

Manfredo   Prosigue, que no hay gente
que aquí nos pueda oír.

ulia   La desdichada
prosiguió en voz doliente
su historia, en desvaríos comenzada,
y dijo: Vi a Manfredo,
vile, y quedé cual declarar no puedo:
que en un instante pudo
y quiso amor, con mano poderosa,
de piedad desnudo,
la imagen de Manfredo generosa
grabar así en mi alma,
que della luego le entregué la palma.
Volvíme a mi aposento,
llevando en la memoria y en el seno,
con gusto y descontento,
la mirada belleza y el veneno
de amor que me abrasaba
y la virtud honrosa refriaba.
Hice discursos varios,
fundé esperanzas en el aire vano,
atropellé contrarios,
dile al Amor renombre de tirano
y de señor piadoso,
y al cabo el entregarme fue forzoso.
Dejé mi padre, ¡ay cielos!;
dejé mi libertad, dejé mi honra,
y, en su lugar, recelos

y sujeción tomé, muerte y deshonra;
y a buscar he venido
este huésped apenas conocido.
 Hoy en tu compañía
le he visto, y, aunque en traje disfrazado,
como en el alma mía
traigo su rostro al vivo dibujado,
al punto conocíle;
vile, alegréme, y hasta aquí seguíle.
 «Quiero, pues, ¡oh mancebo!
y esto cubriendo perlas sus mejillas,
hincándose de nuevo
ante mí, visión bella, de rodillas;
quiero dijo que digas
al tuyo, que es mi dueño, mis fatigas.
 Que yo no tengo lengua
para decir mi mal, ni la dolencia
mi honestidad y mengua,
para poder ponerme en su presencia.
Tú a solas le relata,
la muerte con que amor mi vida mata;
 que no estará tan duro
cual peñasco al tocar de leves ondas,
ni cual está al conjuro
del sabio encantador, en cuevas hondas,
la sierpe, en esto cauta,
ni cual airado viento al Euste nauta.
 No le habrán leche dado
leonas fieras de la Libia ardiente,
ni habrá sido engendrado
de algún cíclope bárbaro inclemente,
para que no se ablande
oyendo mi dolor y amor tan grande.
 Rica soy y no fea,

tan buena como él en el linaje,
si ya no es que me afea
y me deshonra este trocado traje;
mas, cuando amor las causa,
en todas estas cosas pone pausa.
 Rosamira infamada,
justamente impedido el casamiento,
yo dél enamorada,
cual la tierra del húmido elemento:
si esto no es desvarío,
¿quién lo podrá estorbar que no sea
  mío?»
 Esto dijo, y al punto
dejó caer los brazos desmayados,
quedó el rostro difunto,
los labios, que antes eran colorados,
cárdenos se tornaron,
y sus dos bellos soles se eclipsaron.
 Levantósele el pecho,
su rostro de un sudor frío cubrióse,
púsela sobre el lecho,
de allí a un pequeño rato estremecióse,
volvió en sí suspirando,
siempre lágrimas tiernas derramando.
 Consoléla y roguéla
que en aquel aposento se estuviese,
sin temor de cautela,
hasta que yo su historia te dijese.
Encerrada la dejo:
imira si es raro de mi cuento el dejo!

Manfredo   Y tan raro, que no puedo
                  persuadirme a que es verdad;
                  aunque amor y liviandad

no se apartan por un dedo.
¿Y que queda en tu aposento?

Julia   Como digo, sin mentir.

Manfredo   No me pudiera venir
nueva de mayor contento.

Julia   Luego, ¿piénsasla gozar?

Manfredo   Mal me conoces, Camilo:
que tan mal mirado estilo
no se puede en mí hallar.

Julia   Pues, ¿qué piensas hacer della?

Manfredo   Envialla al padre suyo:
que con esto restituyo
mi inocencia y su querella.

Julia   ¡Mal pagas lo que te quiere!

Manfredo   La honra se satisfaga:
que un torpe amor esta paga
y aun otra peor requiere.

Julia   ¿Amar tan alto sujeto
es error?

Manfredo   Y conocido:
porque amor tan atrevido,
aunque es amor, no es perfeto.
Es el amor, cuando es bueno,
deseo de lo mejor;

si esto falta, no es amor,
sino apetito sin freno.
 Con todo, vamos a vella;
pero no es bien miralla,
que en tales visitas se halla
ocasión para perdella;
 que yo no soy Scipión
ni Alejandro en continencia,
para hacer la experiencia
de mi blanda condición;
 y yo soy de parecer,
y la experiencia lo enseña,
que ablandarán una peña
lágrimas de una mujer.

Julia   Si no te ablanda su amor,
no lo hará su hermosura.

Manfredo   Con todo, será cordura
huir del daño mayor.
 Si la recibo, me hago
en su huida culpado;
si la vuelvo, habré mostrado
que a ser quien soy satisfago,
 excusaré el desafío,
cobraré el perdido honor.

Julia   ¡Oh! ¡Mal haya tanto amor,
mal pagado y mal nacido!
 ¡Desdichada de la triste
que te quiso sin porqué!

Manfredo   En esos trances se ve
quien su gusto no resiste.

                    Pero vámonos a casa,
                    que, con todo, pienso vella.

Julia   Quizá vendrás a querella.

Manfredo   No es mi fuego desa brasa.

(Vase Manfredo.)

Julia   ¡Ay, cruel, cómo te vas,
                    triunfando de mis despojos!
                    ¿Qué consejo en mis enojos
                    es, ¡oh Amor!, el que me das?
                     En gran confusión me veo.
                    ¿Quién me podrá aconsejar?
                    En fin, habré de acabar
                    a las manos del deseo.

(Vase Julia. Sale Rosamira con un manto hasta los ojos.)

Rosamira   Quien me viere desta suerte,
                    juzgará, sin duda alguna,
                    que me tiene la fortuna
                    en los brazos de la muerte.
                     Pues no es así: porque Amor,
                    cuando se quiere extremar,
                    con el velo del pesar
                    suele encubrir su favor.
                     Honra, eclipse padecéis
                    porque entre vos y mi gusto
                    la industria ha puesto un disgusto,
                    por el cual oscura os veis;
                     mas pasará esta fortuna
                    que así vuestra luz atierra

como sombra de la tierra,
puesta entre el Sol y la Luna.

(Salen el carcelero y Porcia.)

Carcelero   Veisla ahí; habladla, y luego
os salid con brevedad.

Porcia   ¡Ay oscura claridad!
¡Mal haya el vendado ciego!
¡Mirad cuál la tiene puesta!

Rosamira   Pues, amiga, ¿qué buscáis?

Porcia   Señora, que recibáis
lo que traigo en esta cesta,
que son unas bellas flores
con alguna fruta nueva.

Rosamira   ¡Vos sola habéis hecho prueba
de consolar mis dolores!
Sentaos aquí par de mí,
y esas flores me mostrad,
y ese rebozo os quitad.

Porcia   Señora, veislas aquí;
pero sentarme, eso no.
El embozo, ya le quito.

Rosamira   Sentaos conmigo un poquito;
basta que lo diga yo.

Porcia   Estaba determinada,
señora, de no lo hacer;

mas dicen que es mejor ser
necia, que no porfiada,
y así, me asiento y suplico,
si mi ruego puede tanto,
que os alcéis del rostro el manto
otro poco, otro tantico.

Rosamira   Vesme descubierta, amiga;
que a más fuerza tu cordura.

Porcia   ¡Jesús! ¿Que tanta hermosura
ha puesto en tanta fatiga?

Rosamira   Amiga, déjate deso,
y dime: ¿qué te movió
a venirme a ver?

Porcia   Sé yo
que fue de amor el exceso,
y el ver que ya el señalado
plazo llega a más correr,
adonde el mundo ha de ver
tu inocencia o tu pecado;
y querría ver si puedo
serte en algo de provecho,
antes de llegar al hecho
que al más fuerte pone miedo;
que es Dagoberto valiente.

Rosamira   Así le conviene ser
quien tiene de defender
que es culpada la inocente.
Sale del curso ordinario
el caso de mi porfía,

porque está la salud mía
en la lengua del contrario.
 Quien me deshonra ha de ser
el mismo que me ha de honrar,
y esto me hace callar
y culpada parecer.
 Mas, dime: ¿acaso has oído
qué se hizo el de Rosena?

Porcia   Por todo el lugar se suena
que volvió al suyo corrido.
 Otros la culpa le dan
de que la hija sacó,
cuando alegre le hospedó
el gran duque de Dorlán,
 y con ella otra su prima;
pero yo sé que es mentira.

Rosamira   ¡Ya no es sola Rosamira
a quien Fortuna lastima!

Porcia   Y esta su prima es hermana
de Dagoberto el traidor.

Rosamira   ¡Sabes muy poco de amor,
discreta y bella aldeana!

Porcia   El hijo del de Dorlán
 se suena que te defiende.

Rosamira   ¿Quién lo dice?

Porcia   Quien lo entiende.

Rosamira	¡En vano toma ese afán! Mas su intención le agradezco, porque, al fin, es de quien es.
Porcia	Que él no pida el interés, aunque venza, yo me ofrezco; porque por su gentileza lo hace, y no por su amor.
Rosamira	Así mostrará mejor su valentía y nobleza. Pero, puesto que él venciese, con él no me casaré.
Porcia	Pues, ¿por qué?
Rosamira	Yo sé el porqué.
Porcia	¿Y si él el premio pidiese?

Rosamira	No llegará a aquese extremo,
	si me vale mi justicia;
	mas, como reina malicia,
	de cien mil azares temo.
	  Ven conmigo a otro aposento,
	labradora de mi vida,
	que en parte más escondida
	te quiero hablar un momento;
	  que me ha dado el corazón
	que el Cielo aquí te ha traído
	para que en gozo cumplido
	vuelvas mi amarga prisión.
	  Ven, que ya en tu voluntad
	está mi vida o mi muerte,

mi buena o mi mala suerte,
mi prisión o libertad.

Porcia   Vamos, señora, do quieres,
y de mí daré a entender
que te puedes prometer
aun más de lo que quisieres:
 que desde aquí te consagro
la voluntad y la vida.

Rosamira   Sin duda que tu venida
ha sido aquí por milagro.

Fin de la segunda jornada

Jornada tercera

(Salen Manfredo y Julia.)

Manfredo   ¿Que se fue?

Julia   Como lo cuento.

Manfredo   Pues, ¿por qué no la tuviste?

Julia   Porque muy mal se resiste
un determinado intento.
 Apenas abrí la puerta,
cuando dijo: «Amigo mío,
yo sé que mi desvarío
en ninguna cosa acierta.
 No digas al duque nada,
pues sé que no ha de importar,
y es mejor el acabar
con mi muerte esta jornada.
 ¡Quédate a Dios!». Y salióse,
sin podella resistir;
y, aunque la quise seguir,
al punto desparecióse.

Manfredo   Mucho descuido has tenido.
¿Por dó se fue?

Julia   No sé, a fe.

Manfredo   ¿Que es posible que se fue?

Julia   Del modo que he referido.
 Mas, si no la puedes ver,

mejor es que no esté en casa.

Manfredo   ¿No sabes ya lo que pasa?

Julia   Más de lo que he menester.
(Aparte.)   (¡Ay de mí, cómo me veo,
                    puesta en dudosa balanza,
                    esperando la esperanza
                    cuando revive el deseo!)

Manfredo   ¿Qué es lo que dices?

Julia   No, nada:
                    solo digo que va tal,
                    que será el fin de su mal
                    acabar desesperada.

Manfredo   En eso echarás de ver,
                    Camilo, bien claramente,
                    que apenas hay acidente
                    que sea bueno en la mujer.
                    Quieren do han de aborrecer,
                    vanse de adonde han de estar,
                    temen donde han de esperar,
                    esperan do han de temer.

Julia   Pues si la vuelvo a encontrar,
                    ¿quieres, señor, que la diga
                    que te duele su fatiga?

Manfredo   A nadie supe engañar;
                    mas dile lo que quisieres,
                    como hagas que la vea.

Julia	De modo haré que así sea,
	si haces como quien eres.
Manfredo	¿Qué es lo que tengo de hacer?
Julia	Ni reñilla, ni afrentalla,
	ni al padre suyo envialla.
Manfredo	No sé cómo podrá ser.
	Sin duda, te dejó el pecho
	blando Julia con su llanto.
Julia	Tanto, que, a entender tú el cuánto,
	ya la hubieras satisfecho.
	¿Lágrimas eran aquellas
	para no ablandar un canto?
	Y ¿hay cielo que se alce tanto
	do no alcancen sus querellas?
	¡Ah, señor Manfredo!
Manfredo	A fe,
	Camilo, que estás rendido.
Julia	Tengo el corazón herido
	de lo que en Julia noté.
	El agradable reposo,
	las razones tan sentidas,
	aquellas perlas vertidas
	por aquel rostro hermoso;
	los desmayos, los temores,
	la vergüenza y sobresaltos,
	el darle el corazón saltos,
	en fin, el morir de amores,
	con otras cosas que, a vellas

tú, señor, como las vi,
así como han hecho a mí,
te ablandaran sus querellas.

Manfredo   Vamos; que, pues ya se fue,
no hay della tratarme más;
mas si vuelve, le dirás...

Julia   ¿Qué?

Manfredo   ¡Por Dios, que no sé qué!
Dicen que dejan hablar
ya a la presa Rosamira.

Julia   Esa cuerda es la que tira
de tu gusto y mi pesar.

Manfredo   Y he de procurar, si puedo,
hablalla, porque me importa.

Julia (Aparte.)   (¡En fin, mi ventura es corta;
no hay que esperar en Manfredo!
Mas, antes que el fin funesto
llegue que temo y deseo,
yo echaré de mi deseo
en la plaza todo el resto.)

(Vanse Julia y Manfredo. Sale Rosamira con el vestido y rebozo de Porcia, y
Porcia sale con el de Rosamira, con el manto hasta cubrirse todo el rostro.)

Rosamira   Abrázame, y a Dios queda,
y de mi palabra fía.

Porcia   Advertid, señora mía,

que es variable la rueda
de la Fortuna, y que es bien
que a la prisión no volváis;
porque, aunque sin culpa estáis,
hasta agora no veo quién
os defienda.

Rosamira   Yo haré en eso
lo que a entrambas más importe.

Porcia   Dad en vuestras cosas corte
sin temor de mi suceso:
que a mí no me han de matar
por hacer tan buena obra,
y yo sé que mi alma cobra
en ella un bien singular,
y en que vos no parezcáis
está este bien escondido.
Idos, que siento ruido.

Rosamira   Yo volveré.

(Vase.)

Porcia   No volváis.

(Entra el carcelero, en la mano un manto, la mitad de arriba abajo de tafetán
negro, y la otra mitad de tafetán verde.)

Carcelero   ¡Vais norabuena, labradora hermosa!
Si de volver gustáredes, prometo
de daros puerta franca a todas horas,
y aun a todos aquellos que quisieren
comunicar con mi señora.

97

Porcia	Bueno.

Carcelero

No, sino no le den al delincuente
procurador, y niéguenle abogado,
ciérrenle los caminos y los medios
de su defensa, tápenle la boca;
quedarse ha a buenas noches de la vida.
¡Oh señora! ¿Aquí estabas? Yo te hacía
en el otro aposento, donde sueles
en ciega oscuridad pasar los días.
Orden es de tu padre que te pongas
mañana, cuando salgas a la plaza,
al triste, temeroso, amargo trance,
este manto que ves, de dos colores.
Ha ordenado también que te acompañen
la mitad de su guarda con insignias
de dolor y tristeza, y que asimismo
vaya la otra mitad de gala y fiesta.
Al lado izquierdo has de llevar, señora,
al verdugo, blandiendo el terso acero,
instrumento mortal que te amenace
a muerte irreparable si, por dicha,
venciere Dagoberto en tu deshonra.
De verde lauro una corona hermosa
al diestro lado ha de llevar un niño,
para que del suceso que resulte,
alegre o triste, o ya el cuchillo corra
por tu bella garganta, o ya tus sienes
del vitorioso lauro veas ceñidas.
Esto vengo a decirte, y no otra cosa.
¿No me respondes? Pues a fe que sabes
la voluntad que tengo de servirte,
y que, como el soltarte no me pidas,

porque, en fin, soy leal al señor mío,
que no habrá cosa que por ti no haga,
y así, una pura voluntad te ofrezco.
¿Qué me respondes?

Porcia   Que te lo agradezco.

(Vase Porcia.)

Carcelero   ¡Extraño silencio es éste!
                ¡Mucho me da que pensar!
                ¡Mas téngola de ayudar,
                aunque la vida me cueste!

(Salen Anastasio y Cornelio.)

Cornelio   De un mozo no conocido
                fiarte así, ¿quién tal vio?

Anastasio   ¿Pues qué he de hacer?

Cornelio   ¿Qué sé yo?

Anastasio   ¿Hase de ir así vestido?

Cornelio   Con todo, digo que fue
                error conocido y claro.

Anastasio   A lo hecho no hay reparo.
                Mas, ¿no es éste?

Cornelio   ¿Yo qué sé?

(Sale Rosamira con el embozo.)

Anastasio

Él es. Vengas en buen hora,
Rutilio, mi buen amigo.

Cornelio

Tal estás, que afirmo y digo
que eres pura labradora.

Anastasio

No porque estemos los dos,
vayas el caso encubriendo.

Rosamira

Hermanos, yo no os entiendo;
dejadme, y andad con Dios,
que no soy la que pensáis.

Anastasio

No es de Rutilio la habla.
¡Mal mi negocio se entabla!
¿Pues quién sois? ¿Adónde vais?
O ¿quién os dio este vestido?
Porque le conozco yo.

Rosamira

Mi dinero me le dio.

Anastasio

Y el vendedor, ¿quién ha sido?
Porque hasta que lo digáis,
no habéis de pasar de aquí.

Rosamira

¡Desventurada de mí;
mal término es el que usáis!
No me quitéis el embozo,
porque a fe que os cueste caro.

Anastasio

¡En amenazas reparo!
Venga el vestido, o el mozo.
¿Qué dije? Muy mal hablé:

este vestido os demando.

(Salen Dagoberto y un criado suyo.)

Dagoberto   Alza los ojos, mirando
si la ves.

Rosamira   Ya me escapé;
porque aquéste es Dagoberto,
a quien yo vengo a buscar.

Anastasio   Pues qué, ¿piénsaste escapar?

Rosamira   Tenga; si no, juro, cierto...

Dagoberto   ¿Qué pendencia es ésta, amigos?

Rosamira   Príncipe, hablarte quisiera
a solas, si ser pudiera,
o no con tantos testigos.
Y, para facilitallo,
mira quién soy.

(Descúbrese Rosamira a solo Dagoberto.)

Dagoberto   ¿Qué es aquesto?
Amigos, váyanse presto.

Anastasio   En gran confusión me hallo:
que éste no es Rutilio; no,
puesto que trae su vestido.

Cornelio   Algún mal le ha sucedido.

Anastasio	¿Mal ha de ser?
Cornelio	No sé yo.
Anastasio	Yo he de hablar a Rosamira, y della lo he de saber.
Cornelio	A mucho te quiés poner.
Dagoberto	Señora, el verte me admira. ¿Cómo vienes deste modo? ¿Quién te puso en este traje?
Rosamira	El tiempo, que es corto, ataje el darte cuenta de todo. Solo vengo a que me lleves luego a Utrino.
Dagoberto	¿Cómo así?
Rosamira	Y lo ordenado hasta aquí, ni lo intentes, ni lo pruebes. No quiero en un cadahalso verme puesta, hecha terrero del vulgo bajo y grosero, ni a ti juzgado por falso.
Dagoberto	¿Tienes más que me decir?
Rosamira	No.
Dagoberto	¿Ni veniste a otra cosa?
Rosamira	No.

Dagoberto	Mi aldeana hermosa, mal me sabéis persuadir. Vamos; que yo daré medio a lo que más nos importe.
Rosamira	Yo no sé otro mejor corte.
Dagoberto	Mil tiene nuestro remedio.

(Vanse Rosamira, Dagoberto y su criado. Salen el carcelero, Manfredo y Julia.)

Carcelero	Señor, yo os pondré con ella; y, pues venís por su bien, a los dos nos está bien: a mí, mostralla; a vos, vella. Si la prisión os he abierto, es que me da el corazón que tiene poca razón el príncipe Dagoberto. Esperad aquí un poquito; entraré a llamalla yo.
Manfredo	Camilo, vete.
Carcelero	No, no; estése aquí el pajecito: que mejor es que haya gente, por carecer de sospechas.

(Vase el carcelero.)

Julia	¡Ay triste, con cuántas flechas me hiere Amor inclemente!

Manfredo	¿Qué dices, Camilo?
ulia	Digo que es Julia muy desdichada.
Manfredo	No anduvo en irse acertada.
Julia	Fue huyendo de su enemigo.
Manfredo	Ésta es la duquesa; calla.
Julia	¡Qué cubierto el rostro tiene!
Carcelero	Digo, señora, que viene a hacer por vos batalla;

(Salen Porcia y el carcelero.)

y es de gentil contenencia
y de persona despierta.
Yo me quiero ir a la puerta,
por si viene su excelencia.

(Vase el carcelero.)

Manfredo	Aunque de quien sois se infiere y nace seguridad que no os toca la maldad que os ahíja el que no os quiere, será bien que vuestra lengua descubra lo que hay en esto, porque su silencio ha puesto a vuestro crédito en mengua.

Quien lleva en el desafío
a la razón de su parte,
de hombre tierno, se hace un Marte;
de flaco y torpe, con brío.
 Si estáis sin culpa, no os pene
que Dagoberto sea tal,
que el mundo no le dé igual
en cuantos valientes tiene;
 porque sabed, Rosamira,
que los filos de verdad
cortan con facilidad
las armas de la mentira.
 Y si acaso estáis culpada,
y de amor la culpa fue,
asimismo probaré
con el contrario mi espada:
 que en fe de que él no hizo bien
en descubrir lo secreto,
de mi vitoria os prometo
que os den más de un parabién.
 Y soy persona que puedo
prometer esto y aun más.
¿Para qué en silencio estás?
Habla: desecha ya el miedo.

Porcia   Esta noche, y no durmiendo,
porque entre el sueño y mis cuitas
nunca el reposo hizo treguas,
ni de veras ni de burlas,
digo que, estando despierta,
desvelada en mis angustias,
se me ofreció ante mis ojos
de ti mesmo una figura.
Las razones que aquí has dicho

dijo aquel tú, y otras muchas,
que todas se encaminaban
a desear mi ventura.
Dijo que le asegurase
de mi inocencia o mi culpa,
aunque, de cualquier manera,
se ofrecía a darme ayuda.
Yo, sepultada en silencio
y con el miedo confusa,
hice lengua de los ojos,
por tener la lengua muda;
con ellos le di a entender
ser traidor el que me acusa,
y que mi silencio nace
de considerada astucia.
Ya la visión se volvía,
cuando vi, sin poner duda,
entre el sí y el no una sombra;
¿qué digo sombra?, a la Luna
vi y al Sol en dos mejillas
de una doncella importuna
que, arrodillada a tu imagen,
tales razones pronuncia:
«Yo soy dijo, señor mío,
la desventurada Julia,
que, cual Clicia, voy siguiendo
esa luz del Sol y tuya.
Soy quien te ha entregado el alma
con la fe más tierna y pura
que vio Amor en cuantos pechos
ha rendido a su ley justa.
Tú ofreces favor a quien
ni te quiere ni te escucha,
y niegas de dar oídos

a quien te sigue aunque huyas.
Promete, acorre, defiende,
ofrece, trabaja y suda:
que amor tiene decretado
que al fin fin yo he de ser tuya».
A estas sentidas razones
acompañaba una lluvia
de vivas líquidas perlas,
correos de su tristura.
Tu imagen se le humilló,
y aun le dijo: «Estad segura,
señora, que he de ser vuestro,
a pesar de la fortuna».
Si esto es así, ¿qué me ofreces?
¿Para qué siempre procuras
otro bien, si te da el cielo
el mayor, dándote a Julia?
Mas, ¿con quién hablo, cuitada?
La misma visión, sin duda,
es aquesta que vi anoche,
o en muy poquito se muda.
Del varón, ésta es la imagen;
la de aquéste, la de Julia.
¡Oh visiones amorosas,
dejadme en mi desventura,
idos a buscar verdades,
y no os curéis de mis burlas;
haced cierto lo que amor
os da a entender por figuras!
¿No os vais? Por Dios que dé gritos:
que mis ojos no acostumbran
a ver visiones, aunque éstas
más alegran que atribulan.
¿No os vais? A fe que dé voces.

¿No hay ninguno que me acuda?

Manfredo   Ya nos vamos; calla un poco.
              ¡Ella está loca, sin duda!

Julia   Antes parece profeta.
              ¿Quién le ha dicho lo de Julia?

Manfredo   ¡Calla, que su guarda vuelve!
              ¡El alma llevo confusa!

(Vanse Manfredo y Julia, y entra el carcelero.)

Carcelero   Otro Cipión está abajo,
              que, si aqueste no os contenta,
              por sacaros desta afrenta,
              se pondrá en cualquier trabajo.
               Vestido trae de villano;
              pero a fe que es caballero:
              que el lenguaje no es grosero
              y el brío es de cortesano.
               Dice que os quiere hablar,
              y yo estoy puesto en que os hable.
              Hablad más, mostraos afable,
              que os mata tanto callar.

(Vuelve a salir el carcelero.)

Porcia   Si fuese Anastasio... ¡Ay cielos!
              ¿Qué he de hacer si acaso es él?
              ¿He de estar muda con él,
              o hele de decir mis duelos?
               ¡En gran confusión me veo!
              Ingenio, cielos, ayuda:

que no es posible estar muda
con tan parlero deseo.

(Salen Anastasio y Cornelio, su criado, y el carcelero.)

Carcelero

Despachad con brevedad,
no os suceda algún desmán,
que estos negocios están
de muy mala calidad.
 Que el silencio desta dama
tiene a Novara suspensa,
y no imagino en qué piensa
la que no piensa en su fama.
 Yo estaré con ojo alerta
por algún pequeño espacio,
mirando si de palacio
alguno llega a esta puerta.

(Vase el carcelero.)

Porcia

¿Sois vos Anastasio?

Anastasio

Sí.

Porcia

¿El que envió este papel?

Anastasio

Señora, yo soy aquél
que ha mucho que el alma os di.
 Soy quien por vuestra desgracia
a más desventuras vino
que las que vio en su camino
el gran músico de Tracia;
 soy aquel que alegre piensa,
fiado en vuestro valor,

poner la vida y honor
y el alma en vuestra defensa.

Porcia   ¿No leístes la respuesta
que os llevó la labradora?

Anastasio   No la he visto más, señora,
y harto el buscarla me cuesta.

Porcia   Quizá, como forastera,
debió de errar la posada.
¡Pues a fe que es avisada,
y que os fue buena tercera!
 En efeto, correspondía
con justos comedimientos,
que vuestros ofrecimientos
con el alma agradecía,
 y que de mi honestidad,
que ahora la infamia lleva,
hiciésedes vos la prueba
que os mostrase la verdad.
 Jurábaos que Dagoberto
jamás en dicho o en hecho
pudo ver cosa en mi pecho
que apruebe su desconcierto.
 En vuestros brazos valientes
me resignaba, y ponía
en ellos la suerte mía,
segura de inconvenientes.
 Ofrecía, finalmente,
de tomaros por esposo:
señal de que es mentiroso
Dagoberto, y yo inocente.

Anastasio	¡Oh dulce fin de mis males y principio de mis bienes, cielo que en la tierra tienes glorias que son sin iguales! Vesme rendido a tus pies; dispón a tu voluntad con toda seguridad de cuanto valgo.
Porcia	¿No ves que soy tuya y que a ti toca disponer de mí a tu gusto?
Anastasio	¡Alma, ahora sí que es justo que os vuelva este gusto loca!
Cornelio	Déjate desas sandeces; haz, señor, lo que has de hacer: que no es tiempo de expender el tiempo así todas veces. Recíbela por esposa; acaba, y vamos de aquí.
Anastasio	Señora, ¿queréislo ansí?
Porcia	Sí, y me tengo por dichosa.
Anastasio	Pues dadme esa hermosa mano, y tomad mi fe y la mía.

(Danse las manos.)

Porcia	Veisla ahí; que una porfía, cualquier risco vuelve en llano.

Anastasio	Ya, pues, que hasta vuestro cielo
	levantaste mi caída,
	sed, mi señora, servida
	de alzar dél el negro velo,
	para que las luces bellas
	vea cuyos rayos fueron
	los que han hecho y deshicieron
	las nubes de mis querellas,
	y para que, con su llama
	alentado el corazón,
	de la esperada quistión
	se prometa triunfo y fama.
Porcia	No verán ojos mortales,
	destos que vos amáis tanto,
	levantado el negro manto,
	ni más alegres señales,
	hasta que mi fama oscura,
	a pesar de Dagoberto,
	vuelva por vos a buen puerto
	limpia, alegre, clara y pura.
	Y perdonadme, señor,
	negaros la primer cosa
	que pedís a vuestra esposa.
	Echad la culpa a mi amor.
Anastasio	Dadme un abrazo siquiera.
Porcia	Eso, de muy buena gana.
Cornelio	Vamos, y espere mañana
	vuestro invierno primavera.

(Vanse Anastasio y Cornelio.)

Porcia

Hasta ahora, en popa el viento
lleva mi barca amorosa.
¡Oh Fortuna poderosa,
condúcela a salvamento!

(Vase Porcia. Sale Julia con una rica rodela y una espada, todo en la mano; sale también Manfredo.)

Julia

En fin, ¿las armas son éstas
que señaló Dagoberto?

Manfredo

Sí, amigo.

Julia

Él está en lo cierto;
que son livianas y prestas,
y él tiene fama de diestro
y de ligero además.

(Toma Manfredo la espada y la rodela.)

Manfredo

Muestra, Camilo, y verás
cómo soy dellas maestro.

Julia

Pues, ¿con quién te has de probar?

Manfredo

Llama al huésped.

Julia

Vesle aquí.

(Sale el huésped.)

Huesped

¡Ah, Camilo, pesia mí!

Venid, que os ando a buscar
más ha de un hora.

Julia   Pues bien,
¿qué hay de nuevo?

Huesped   Que os espera
vuestra mujer allí fuera.

Julia   ¿Mujer a mí?

Huesped   Y aun de bien,
según su traje.

Julia   Imagino
que es Julia.

Manfredo   Si Julia es,
hazla entrar.

Julia   ¿Qué harás después
de entrada?

Manfredo   Yo detemino
de hablarla y ver qué es su intento.

Julia   ¿Y enviarásla do dijiste?

Manfredo   No, por Dios.

Julia   No; que la triste
no puede más, según siento.
¡Oh, a qué buen tiempo llegaste!
Huésped, yo os lo serviré.

¿Y el vestido que ordené?

Huesped   Está donde lo ordenaste.

(Vase Julia a vestirse de mujer lo más breve que se pueda.)

Manfredo   Si otra rodela tenéis,
             id por ella, y volved luego.

Huesped   ¿Queréis probar en el juego
             lo que en las veras haréis?

Manfredo   Sí, amigo.

Huesped   Yo vuelvo presto
             con una que es de provecho.

(Vase el huésped.)

Manfredo   El corazón en el pecho
             me da saltos. ¿Qué es aquesto?
             Mas, si anuncia que es verdad
             lo que Rosamira dijo,
             por vanas cuentas me rijo.
             ¿No tengo yo voluntad?
             ¿Cómo? ¿Sentidos no tengo?
             ¿No tengo libre albedrío?
             ¿Pues qué miedo es éste mío?
             ¡Mal con mi esfuerzo me avengo!
             ¿Con qué, para que me venza,
             Julia me ha obligado a mí?
             Pues no es señal verla aquí
             de amor, mas de desvergüenza.
             ¿A dicha, solicitéla?

¿Dónde ve ricos despojos?
¿Viéronla jamás mis ojos,
o, por ventura, habléla?
 No, por cierto. ¿Pues qué cargo
me puede Julia hacer?
¿Que me quiere y es mujer?
No me faltará descargo.

(Vuelve a salir el huésped con una rodela.)

Huesped   Vesla aquí.

Manfredo   Toma tu espada,
                   y vente hacia mí con ella.
                   Muy mejor fuera no vella.

Huesped   ¿Qué dices?

Manfredo   No digo nada.

Huesped   ¿Hela de desenvainar?

Manfredo   Poco importa; desenvaina.

Huesped   Más seguro es con la vaina.

Manfredo   ¡Mucho me das que pensar,
                    Julia!

Huesped   Mas yo desenvaino.
                   ¿Estoy bien puesto? ¿No entiendes,
                   señor? ¿De qué te suspendes?
                   Si no te ensayas, envaino.

Manfredo	No vella fuera mejor,
	digo otra vez y otras ciento.
	Vente a mí.
Huesped	¡Dios ponga tiento
	en sus manos!
Manfredo	¡Las de amor
	son las que me desatientan!
Huesped	¿Qué es lo que entre dientes hablas?
Manfredo	¡Mal tus negocios entablas,
	amor, cuando al fin afrentan!
	Ponte en aquesta postura,
	la rodela junto al pecho,
	y parte con pie derecho.
	¡Extraña desenvoltura
	ha sido la desta loca!
Huesped	¿Qué es lo que dices, señor?
Manfredo	¡A qué locura, oh Amor,
	tu locura me provoca!
	No hay piloto tan famoso
	que en tus mares no se ahogue;
	hieres, amor, como azogue
	penetrante y bullicioso.
Huesped	Cordura será dejarte,
	mejor sazón aguardando:
	que estás del Amor tratando,
	cuando has de tratar de Marte.

Manfredo	Mas quizá no será ella.
Huesped	El temor le desatienta.
Manfredo	Si él aquesta treta tienta,
	bien sé yo la contra della.
	¡Válate Dios, la mujer,
	cuál me tienes sin porqué!

(Sale Tácito.)

Tácito	Señor huésped, oígame,
	que una merced me ha de hacer,
	y es que me preste su haca
	para ver el desafío
	mañana.
Huesped	A la fe, hijo mío,
	ya no puede andar de flaca.
Tácito	No importa: que poco peso
	y no he de estar mucho en ella.
Huesped	Sobre su espinazo está
	subido un palmo de hueso.
Tácito	Haréle la silla atrás
	o adelante, si es que importa.
Huesped	¿No sabéis que es pasicorta,
	y que es rijosa además?
Tácito	Yo le tiraré del freno
	y me pondré desviado

de otras bestias.

Huesped   Hale dado
           torozón de comer feno.

Tácito   Tendréla yo sin comer
           dos días, y sanará.

Huesped   Para comer, sana está;
           pero no para correr.

Tácito   ¿Yo corrella? ¡Ni por lumbre!

Huesped   Digo que está ciega y manca.

Tácito   Eso no importa una blanca.
           ¿No sabe ya mi costumbre?
           Que correré sobre un palo,
           sin pies y manos, si quiero.

Manfredo   ¡Qué gracioso chocarrero!

Huesped   No es el jinete muy malo,
           que no acaba de entender
           que no la quiero prestar.

Tácito   ¡Acabara yo de hablar!

Manfredo   Y vos de importuno ser.

Tácito   Pues présteme seis reales
           para alquilar un rocín.

Huesped   ¿Yo prestar? ¡Ni aun un cuatrín!

Tácito	¿Tanto era, pesia mis males? ¿Pedíalo algún chocante o algún mozuelo ordinario, sino un mero bacalario, diestro músico estudiante?
Manfredo	Veislos aquí. Andad con Dios, que vuestro donaire fuerza a que os den más.
Tácito	Y esme fuerza, señor, llevar otros dos para alquilar un pretal de cascabeles.
Manfredo	Tomad.
Tácito	Vuestra liberalidad es de persona real. ¡Oh, si al pretal se añadieran un par de espuelas!
Manfredo	Compraldas.
Huesped	Pedí un puño de esmeraldas.
Tácito	¿Qué mucho que las pidieran? Tan aína este señor las tuviera aquí a la mano.
Huesped	Idos en buen hora, hermano.
Tácito	Prospere el cielo tu honor,

y a tu haca dé salud,
y a mí gracia de corrella.

Huesped   ¡No echaréis la pierna en ella,
                   por vida de Cafalud!

(Vase Tácito.)

                   Que éste es mi nombre.

Manfredo   Camina,
                   que me importa quedar solo.

Huesped   Encubierta trae este Apolo
                   su angélica faz divina.

(Vase el huésped y entra Julia muy bien adrezada de mujer, cubierta con su
manto hasta los ojos, y pónese de rodillas ante Manfredo.)

Julia   Si no halla en tu valor
                   disculpa mi atrevimiento,
                   en las disculpas no siento
                   que la puede haber mejor;
                   y si no tiempla el rigor
                   de tu indignación mi pena,
                   acabaré esta jornada
                   culpada y desesperada,
                   como mi suerte lo ordena.

Manfredo   Levanta, señora mía,
                   que esta tu tamaña culpa
                   el deseo la disculpa
                   que en tus entrañas se cría:
                   que de Amor la tiranía

a peores cosas fuerza,
y sé yo por experiencia
que no hay hacer resistencia
a los golpes de su fuerza.
 Pues ya Amor me ha descubierto
tus pasos, tu intento y celo,
descúbreme tú ese cielo
que traes con nubes cubierto;
y si lo ignoras, te advierto
que son seguras verdades
las que la experiencia apura:
que es parte la hermosura
para mudar voluntades.

Julia   Harélo, como es razón;
mas, ¡ay de mí!, que barrunto
que ha de llegar en un punto
mi muerte y tu admiración.
No te espante esta visión
ni este nunca visto estilo;
que el amor que en mí se esmera,
de Julia la verdadera
hizo un fingido Camilo.

Manfredo   Gran desenvoltura es ésta,
Camilo, y pensando voy
por qué te burlas si estoy
más de luto que de fiesta;
y es cosa muy descompuesta
burla de tal proceder
en tiempo turbado y triste;
y el que de mujer se viste,
mucho tiene de mujer.

Julia	Julia soy la desdichada,
	y, entre mi pena crecida,
	más siento el no ser creída,
	que siento el ser mal pagada.
	Como no repara en nada
	aquel que llaman Amor,
	quiere que sus hechos cante
	Julia vuelta en estudiante,
	que primero fue pastor.
	Soy la que vio Rosamira
	en visión ante tus pies;
	soy, señor, la que no es
	en los ojos de tu ira;
	soy la que de sí se admira,
	viendo las muchas mudanzas
	que Amor en sus trajes pone,
	y que en ninguno dispone,
	el fin de sus esperanzas.
Manfredo	Yo te creo, pues tus ojos
	no pudieran fingir tanto
	que mostraran con su llanto
	entregarme tus despojos.
	Pon ya tregua a tus enojos,
	Julia hermosa, y ven conmigo:
	que quizá en estos rodeos
	descubrirán tus deseos
	que no es Amor tu enemigo.
	Servirásme de padrino
	en la batalla que espero:
	que por gentileza quiero
	ponerme en este camino;
	y si el cielo y el destino
	ordenan que yo sea tuyo,

123

no por salir a este trance
se ha de borrar este lance,
y más si yo no le huyo.
 No te arrodilles; levanta,
que eres mi igual, y aun mejor.

(Vase Manfredo.)

Julia   De hoy más diré que es, Amor,
          tu rigor blandura santa;
          ya a mi pena se adelanta
          libre del mar de mis penas,
          colgar, ¡oh Amor!, las cadenas,
          en los muros de tu templo.

(Vase Julia. Suenan trompetas tristes: sale el duque de Novara con su acompañamiento y dos jueces; siéntase en su trono, que ha de estar cubierto de
luto, y dice.)

Duque   Traigan a Rosamira de aquel modo
          que yo tengo ordenado.

Uno   Ya ella viene,
          según lo dice el triste son que suena.

(Sale Porcia cubierta con el manto que le dio el carcelero, acompañada de
la mesma manera que dijo, con la mitad del acompañamiento enlutado y la
otra mitad de fiesta; el verdugo al lado izquierdo, desenvainado el cuchillo,
y al siniestro, el niño con la corona de laurel; los atambores delante sonando
triste y ronco, la mitad de la caja de verde y la otra mitad de negro, que será
un extraño espectáculo. Siéntase Porcia, cubierta, en un asiento alto que
ha de estar a un lado del teatro, desviado del de su padre; salen asimismo
Dagoberto y Rosamira, como peregrinos embozados, y Tácito.)

Duque	¿Cómo no viene Dagoberto? ¿Espera
que se le pase el día, pues ya es hora?
Juez Sin duda debe ser éste que viene:
que el actor es costumbre se presente
antes que el reo en la estacada.

Duque	Es claro.

(Salen Anastasio, y Cornelio por padrino, y Anastasio viene cubierto el rostro con un tafetán; viene con sus atambores; serán los mismos que trujeron a Porcia.)

	¿No es éste Dagoberto?

Anastasio	Ni aun quisiera
serlo por la mitad de todo el mundo.

Duque	¿Pues quién sois?

Anastasio	Su enemigo, solo en cuanto
lo es de la duquesa Rosamira,
cuya defensa tomo yo a mi cargo.

Duque	Yo os lo agradezco.

Juez	Dagoberto tarda.

Duque	Cajas oigo sonar; él es, sin duda.

(Sale Manfredo con un tafetán por el rostro; trae a Julia por padrino, que asimesmo viene embozada.)

Juez	Tampoco es éste Dagoberto.

Duque	El talle no nos dice que es él.
Juez	Sin duda, pienso que ha de tener de sobra defensores la duquesa.
Duque	Sepamos quién es éste.
Juez	¿Quién sois o a qué venís, buen caballero?
Manfredo	El saber quién yo sea, importa poco; saber a lo que vengo, sí que importa: a defender a la duquesa vengo.
Dagoberto	¿Quién serán estos dos?
Rosamira	No los conozco ni sé quién puedan ser.
Anastasio	A mí me toca por derecho y razón esa defensa, pues fui el primero que llegué a este punto.
Tácito	Razón tiene el primero, o yo sé poco desto de desafíos y estacadas.
Juez	A la duquesa toca el declararse cuál quiere de los dos que la defienda.
Duque	Eso es razón.
Anastasio	Y yo por tal la tengo.

Manfredo	Y yo también: que no me queda cosa por saber de las leyes de la guerra.
Duque	Pregúntenselo, pues, y vean qué dice mi hija. ¡Oh nombre dulce, cuando el cielo quiso que sin escrúpulo llegase a mis oídos!
Juez	Id vos, y sabeldo.
Uno	El duque, mi señor, dice, señora, que estos caballeros han venido a ser tus defensores, y que escojas cuál quieres de los dos que te defienda.
Porcia	En Dios y en el primero deposito mi agravio, mi inocencia y esperanza.
Dagoberto	¿Labradora es ésta? Mejor me ayude el cielo que la crea. Ya se tarda mi criado.
Rosamira	Confusa estoy, amigo. No sé en qué ha de parar tan grande enredo.
Juez	Bien se oyó lo que dijo; a vos os toca, señor, su defensa.
Manfredo	Tener paciencia es lo que más importa en este caso; basta que se ha mostrado al descubierto mi voluntad.

Duque   El cielo así os lo pague
como yo os lo agradezco.

Juez   No hay disculpa
que pueda disculpar ya la tardanza
de Dagoberto.

Duque   ¡Mas, que nunca venga!

Tácito   Ciégale, San Antón; quémale un
brazo;
destróncale un tobillo; nunca acierte
a venir a este sitio; salga en palmas
nuestra buena duquesa, que es un ángel,
una paloma duenda, una cordera,
que no tiene más hiel que cuatro toros.

(Sale un correo con una carta.)

Correo   Es de tanta importancia este despacho
que traigo, ¡oh buen señor!, que me es forzoso
dártele aquí; que así me lo mandaron,
porque es de Dagoberto, y que te importa.

Duque   ¿De Dagoberto? Muestra cómo es esto.
¿Cómo toma la pluma por la espada?
¿Tiempo es éste de cartas?

Correo   No sé nada:
ello dirá.

Juez   Vuestra excelencia vea
lo que la carta dice.

Duque   Así lo hago.

Dagoberto   Parece que se turba el duque.

Rosamira   ¡Ay triste!
                       ¡Cuánto mejor nos fuera habernos ido
                       y esperar desde lejos el suceso
                       deste tan grande enredo y desventura!
                       ¡Temblando estoy!

Tácito   ¿Carticas a tal tiempo?
                       Apostaré que no llega esta danza
                       a hacer con las cindojas el tretoque.

Duque   ¿Hay cosa igual? Leed aquesa carta
                       en alta voz, que es bien que la oigan todos.

(Después de haber leído el duque la carta, se la da al juez, que la lee en alta voz.)

Juez   La presta resolución que tomaste de entregar a
                       Manfredo por esposa a tu hija Rosamira me forzó
                       a usar de la industria de acusalla, por evitar por
                       entonces el peligro de perdella. La mejor señal que te
                       podré dar de que es buena es el haberla yo escogido
                       por mi legítima mujer. Considera, señor, antes que del
                       todo me culpes, que soy tanbueno como Manfredo, y
                       que tu hija escogió lo que quizá tú no le dieras casán-
                       dola contra su voluntad. Si con ella usares término de
                       piadoso padre, usaré yo contigo el de obediente hijo;
                       aunque, de cualquier manera que me trates lo habré de
                       ser hasta la muerte.

                       Tu hijo Dagoberto.

Anastasio	¿Hase visto maldad tan insolente? A no estar seguro deste hecho, ¿saliera Dagoberto fácilmente con el embuste que forjó en su pecho?
Duque	Si esto permite el cielo y lo consiente, ¿qué puedo yo hacer? Ello está hecho; gócela en paz.
Anastasio	Aqueso es sin justicia y contra todo estilo de milicia. Según tu bando, mía es Rosamira: porque tú prometiste de entregalla por legítima esposa al que la mira pusiese en defendella y libertalla. Lo que el de Utrino dice es gran mentira, y podrá la experiencia averigualla; luego en este momento yo he vencido, pues mi contrario al puesto no ha venido, y la escusa que da no es de importancia, porque es todo al revés de lo que cuenta.
Manfredo	Venciste; pero mía es tu ganancia, si aquí al buen proceder se tiene cuenta. Si de otro es Rosamira, es ignorancia pensar que ha de ser tuya.
Anastasio	¡No consienta el Cielo que mi esposa de otro sea!
Manfredo	Esta verdad haré que aquí se vea.
Anastasio	¿En qué la fundas?

Manfredo	En que soy Manfredo, de Rosamira, por concierto, esposo. Que la has librado tú, yo lo concedo, no más de porque yo fui perezoso. Por cuatro pasos, bien decirlo puedo, que llevaste a los míos, fin dichoso has alcanzado en la dudosa empresa; mas no por esto es tuya la duquesa; que la razón que así te da el derecho, por primer defensor que llegó al puesto, la turba, según siento, estar ya hecho conmigo el casamiento antes de aquesto.
Porcia	¡Saltando el corazón me está en el pecho!
Julia	¡Válame Dios! ¿En qué ha de parar esto?
Rosamira	¿Adónde vas?
Dagoberto	Sosiégate.
Rosamira	Recelo...
Duque	¿Ha visto caso semejante el suelo?
Anastasio	Quedaos, amor, un poco aquí arrimado; venid en su lugar, honra, conmigo. Oye, Manfredo, güésped mal mirado, ladrón de paz y engañador amigo: ¿dó están las ricas prendas que has robado?

¿Por qué tan sin porqué, como enemigo,
usando en la amistad tan mal decoro,
a mi padre robaste su tesoro?

Manfredo   ¿Quién eres?

Anastasio   Anastasio, el heredero
de Dorlán, y de Julia único hermano,
de Porcia primo, por las cuales quiero
probar que eres ladrón torpe y villano.

Manfredo   Si como eres valiente caballero
fueras más atentado, claro y llano,
vieras que esas razones afrentosas
se fundan en quimeras fabulosas.
   Yo no robé a tu hermana ni a tu prima;
mas de alguna sabrás, como tú hagas
que a la quistión primera se dé cima,
con que tu gusto al mío satisfagas.

Dagoberto   La honra de mi hermana me lastima.

Rosamira   ¿Dónde vas, Dagoberto? No deshagas
el buen principio que la suerte muestra
de dar buen fin a la desdicha nuestra.

Dagoberto   Sabe que soy Dagoberto,
Manfredo, y sabe que soy
aquél que agraviado estoy
de tu infame desconcierto.
   ¡Dame a mi hermana, traidor,
de fe falsa y alevosa!

Manfredo   Restituye tú a mi esposa

antes el robado honor.
 No te desmiento, porque
de aquí a bien poco verás
en el engaño en que estás
y la bondad de mi fe.

Anastasio

Primo mas quédese aparte
el parentesco hasta ver
si del justo proceder
os dio el cielo alguna parte,
 ¿vos decís que es vuestra esposa
Rosamira?

Dagoberto

Y es verdad.

Anastasio

 ¿Tenéis otra claridad
deste hecho no dudosa,
 como es el decirlo vos?

Dagoberto

¿Bastará que yo lo diga?

Anastasio

¿Quién duda?

Dagoberto

Pues no se diga
más contienda entre los dos
 ni entre los tres, que yo haré
que ella lo declare al punto.

Duque

El bien me ha venido junto
cuando menos lo pensé.
 Escoja mi hija, y haga
su gusto: que todos tres
son iguales.

Juez	Así es.
Manfredo	Bien cierta tengo la paga, pues tan de su voluntad se entregaba por mi esposa.
Anastasio	No está mi suerte dudosa, si es que es firme la verdad.
Dagoberto	¡Qué engañados quedarán los dos en este suceso!
Julia	Cerrado está ya el proceso; mirad qué sentencia os dan, corazón. ¡Ay de mí, triste, que el miedo crece, y desmengua la esperanza! Callad, lengua, que mal tal, mal se resiste.
Porcia (Aparte.)	(¿Si es tiempo de descubrir la verdad de mi mentira?)
Manfredo	Señor, manda a Rosamira diga a quién quiere admitir.
Duque	Dígalo en buen hora.
Porcia	Digo que es Anastasio mi esposo.
Julia	¡Alentad, pecho amoroso!
Rosamira	Lo que tú dices desdigo: que Dagoberto es mi bien.

Anastasio	Y vos, señora, mi gloria.
Manfredo	Tragedia ha sido mi historia.
Julia	Aún quedan glorias que os den. ¿Tuya no soy, pena vuestra?

(Tome la mano Rosamira a Dagoberto y Anastasio a Porcia, y a este instante se declaren entrambas.)

Tácito	¿De qué Anastasio se admira?
Julia	Aquélla no es Rosamira.
Anastasio	¡Ay suerte airada y siniestra! ¿Quién eres?
Porcia	Soy la que quiso el Cielo, en todo piadoso, sacarla de un riguroso infierno a tu paraíso. Soy la que, en traje mudado, trayendo amor en el pecho, procurando tu provecho he mi gusto procurado. Soy áquella a quien tú diste de esposa la fe y la mano. Soy quien tiene amor ufano por ver que no se resiste. Soy de Dagoberto hermana y soy tu prima, y soy quien, cuando me falte tu bien no soy más que sombra vana.

Anastasio	¿Dónde está Julia?
Porcia	Señor, yo sé que la verás presto.

Julia	¿Podré esperar, según esto,
	blandura de tu rigor?
	  Mira con qué mansedumbre
	Anastasio a Porcia mira;
	mira que es de Rosamira
	ya Dagoberto su lumbre;
	  mira que yo sola quedo
	en los brazos de la muerte,
	si tu clemencia no advierte
	que soy Julia y tú Manfredo.

Manfredo	Levanta, pues que ya el Cielo
	tus deseos asegura,
	gracias a tu hermosura
	y a mi siempre honrado celo.
	  Anastasio, mira agora
	con gusto y admiración
	que yo nunca fui ladrón
	ni de condición traidora.
	  Aquésta es Julia, tu hermana,
	y ésa, tu prima, cual dice,
	con las cuales nunca hice
	traición ni fuerza villana.
	  Ellas te dirán después
	del modo que aquí vinieron;
	basta que el fin consiguieron,
	y es gusto de su interés.
	  Tu industria y el cielo han hecho

que les seamos esposos;
ellos son lances forzosos;
no hay sino hacerles buen pecho.
 Quien se pudiera quejar
de Rosamira era yo;
mas si el Cielo esto ordenó...

Anastasio	Que paciencia y barajar.
Dagoberto	¡Oh hermana mía!
Porcia	¡Oh mi hermano!
Dagoberto	¡Buenos pasos son aquéstos!
Porcia	Nunca pasos descompuestos ganaron lo que yo gano.
Anastasio	Más es tiempo de aliviallas aquéste, que de reñillas.
Duque	Aquéstas son maravillas dignas solas de admirallas.
Anastasio	En fin, mi hermana es tu esposa.
Manfredo	Así es.
Anastasio	Y Porcia es mía, si no lo impide y desvía ser mi prima.
Duque	Fácil cosa es haber dispensación

en caso tan importante.

Tácito

Hoy del campo de Agramante
he visto la confusión,
 y la paz de Otaviano
he visto en espacio breve.
¡No hay camino que amor pruebe,
difícil, que no sea llano!

Duque

 Entremos en la ciudad,
donde despacio sabremos
destos no vistos extremos
toda la puntualidad,
 y allí se harán regocijos
y desposorios honrosos
de los seis tan venturosos
que ya los tengo por hijos.

Tácito

Éstas son, ¡oh Amor!, en fin,
tus disparates y hazañas;
y aquí acaban las marañas
tuyas, que no tienen fin.

Fin de la comedia

Libros a la carta

A la carta es un servicio especializado para
empresas,
librerías,
bibliotecas,
editoriales
y centros de enseñanza;
y permite confeccionar libros que, por su formato y concepción, sirven a los propósitos más específicos de estas instituciones.

Las empresas nos encargan ediciones personalizadas para marketing editorial o para regalos institucionales. Y los interesados solicitan, a título personal, ediciones antiguas, o no disponibles en el mercado; y las acompañan con notas y comentarios críticos.

Las ediciones tienen como apoyo un libro de estilo con todo tipo de referencias sobre los criterios de tratamiento tipográfico aplicados a nuestros libros que puede ser consultado en Linkgua-ediciones.com.

Linkgua edita por encargo diferentes versiones de una misma obra con distintos tratamientos ortotipográficos (actualizaciones de carácter divulgativo de un clásico, o versiones estrictamente fieles a la edición original de referencia).

Este servicio de ediciones a la carta le permitirá, si usted se dedica a la enseñanza, tener una forma de hacer pública su interpretación de un texto y, sobre una versión digitalizada «base», usted podrá introducir interpretaciones del texto fuente. Es un tópico que los profesores denuncien en clase los desmanes de una edición, o vayan comentando errores de interpretación de un texto y esta es una solución útil a esa necesidad del mundo académico.

Asimismo publicamos de manera sistemática, en un mismo catálogo, tesis doctorales y actas de congresos académicos, que son distribuidas a través de nuestra Web.

El servicio de «libros a la carta» funciona de dos formas.

1. Tenemos un fondo de libros digitalizados que usted puede personalizar en tiradas de al menos cinco ejemplares. Estas personalizaciones pueden ser de todo tipo: añadir notas de clase para uso de un grupo de estudiantes, introducir logos corporativos para uso con fines de marketing empresarial, etc. etc.

2. Buscamos libros descatalogados de otras editoriales y los reeditamos en tiradas cortas a petición de un cliente.